s.mo verlag

www.verlagsmo.de

Für meine kleine Enkelin Sophie

Möge sie in ihrem späteren Schulleben einigen der in diesem Buch beschriebenen Lehrercharakteren begegnen. Sie werden ihr in schwierigen Situationen beistehen und sie in ihrer Entwicklung unterstützen.

Wolf-Henry Sturt

Erinnerungen eines Lehrers

Schule ist, wenn man trotzdem lacht

Impressum

Umschlag: Stephan Moll

Foto: Fotolia

Verlag: Verlag Stephan Moll

Burg Ramstein

D-54306 Kordel

info@verlag-smo.de

www.verlagsmo.de

ISBN 978-3-947470-19-8

Bibliografische Information der deutschen Nationalbibliothek. Die Deutsche Nationalbibliothek verzeichnet diese Publikation in der Deutschen Nationalbibliografie; detaillierte bibliografische Daten sind im Internet über http://dnb.d-nb.de abrufbar.

Inhalt

Vorbemerkung

Es empfiehlt sich, vor dem Lesen dieser mehr oder weniger satirischen Betrachtungen eine halbe Flasche guten Rotwein zu trinken. Einerseits wird hierdurch die Toleranz bezüglich der sicher vorkommenden literarischen Schwachstellen und unverzeihlichen Albernheiten der bitte nicht zu ernstzunehmenden Texte erhöht und andererseits die Bereitschaft, sich selbst in der einen oder anderen Figur ein wenig wiederzuerkennen, unterstützt.

Eine Mutter beschwert sich

Oberstudiendirektor Hürsch, Schulleiter des altehrwürdigen Sankt-Laurentius-Gymnasiums zu Daun in der Vulkaneifel (Ortsname hergeleitet von dem keltischen Wort „dunum“ = befestigte Anhöhe), ignorierte geflissentlich das Klingeln des Weckers. Er war gewohnt, dass seine Frau ihn spätestens fünfzehn Minuten nach dem Klingeln des Weckers ein weiteres Mal weckte, indem sie ihm ruckartig die Decke wegzog. Doch an diesem Morgen entfiel dieses liebgewonnene keltische Ritual, da Frau Hürsch am Vortag zu ihrer Schwester nach Brumm gefahren war und dort übernachtet hatte. Als Hürsch dann schließlich erschreckt auf seinen Wecker schaute, war es bereits viertel nach sieben. Um 8.00 Uhr hatte er ein Elterngespräch. Also beeilte er sich und saß leicht schnaufend, aber pünktlich um 7.58 Uhr an seinem Schreibtisch im Sankt-Laurentius-Gymnasium.

Er hatte sich nicht umsonst beeilt, denn genau um 8.01 Uhr kündigte seine Sekretärin, Frau Hasensterz, seine Besucherin an. Hürsch stand auf und eilte zur Tür. Herein kam zielsicheren Schrittes die ihm bereits von mehreren mehr oder weniger erfreulichen Zusammentreffen bekannte Frau Müller-Tiefenschläger.

Sie war mit ihren 1,87 m deutlich größer als Hürsch und auch sonst eine Person, welche durch ihr resolutes Auftreten und ihre laute Stimme zu überzeugen wusste. Noch bevor sie sich gesetzt hatten, verkündete Frau Müller-Tiefenschläger, dass sie sich beschweren wolle.

Um was es denn genau ginge, fragte Hürsch höflich. Es ginge um ihren Sohn Konstantin in der 10a. Dieser würde von anderen Schülern gemobbt und von mehreren Lehrern der Schule fortlaufend benachteiligt werden. „Haben sie denn schon mit den jeweiligen Fachlehrern und dem Klassenlehrer gesprochen?“, erkundigte sich Hürsch und fügte hinzu: „Ich selber kann Ihnen da nur sehr eingeschränkt von Nutzen sein, da ich die Klasse nicht unterrichte und die jeweiligen Zusammenhänge schlecht von außen beurteilen kann.“ „Das werde ich noch tun, obwohl ich mir da wenig von verspreche“, entgegnete die Dame. „Ich als Mitglied des Schulelternbeirates will vorab nur erst einmal sie als Direktor dieses Gymnasiums über die unerträglichen Zustände in der Klasse meines Sohnes informieren, damit sie ihre Kollegen zur Rede stellen können.“

Diese Wortwahl ging Hürsch gegen den Strich. Also sagte er: „Ich pflege meine Kollegen nicht zur Rede zu stellen, sondern führe mit ihnen pädagogische Gespräche über die uns anvertrauten Schüler. In zwei Wochen findet ja auch der jährliche Elternsprechtag statt, an dem sich die Eltern mit den entsprechenden Lehrern unterhalten können."

Frau Müller-Tiefenschläge schaute den kleinen Mann böse an. Sie wüsste nicht genau, ob sie sich an dem Tag freimachen könne, da sie eine Konferenz der Frauenvereinigung ihrer Partei vorbereiten müsse und das sei bestimmt wichtiger als irgendein Elternsprechtag. „Wie sie meinen", bekam sie zur Antwort. „Sie können aber natürlich auch die Sprechstunden meiner Kollegen nutzen oder sie um ein persönliches Gespräch außerhalb der Sprechstunden bitten. Zunächst einmal die betroffenen Lehrkräfte zu kontaktieren, ist aber an unserer Schule der übliche und sicherlich auch erfolgversprechendere Weg."

Aber da er es sich nicht mit einem so wichtigen Mitglied des Schulelternbeirates verspielen wollte, erkundigte er sich dennoch nach den genaueren Umständen, welche zu ihrer Verärgerung geführt hätten. „Um ihnen ein besonders skandalöses Beispiel zu nennen", schimpfte Frau Müller-Tiefenschläger, „will ich ihnen folgenden Vorfall schildern. Konstantin, der ja sicher zu den begabtesten Schülern der Klasse gehört, fand es seit Beginn des Schuljahres höchst störend, dass sein Banknachbar Eberhard bei den Mathematikarbeiten ständig von ihm abschreibt. Auch bei der letzten Arbeit von Herrn Ditteldingsda hat dieser Eberhard trotz des von Konstantin zwischen ihnen aufgestellten Atlanten fast alle Lösungen meines Sohnes abgeguckt. Und stellen sie sich vor, dieser Eberhard bekam auch noch die bessere Note. Bei der Rückgabe der Arbeit hat sich dann die ganze Klasse amüsiert und ein unverschämter Mitschüler hat sogar gesagt, das nächste Mal müsse Konstantin halt bei Eberhard abschreiben. Und besonders ärgerlich finde ich, dass Studienrat Ditteldingsda, der eigentlich hier energisch durchgreifen sollte, mitgelacht hat." „Brunn!", sagte Hürsch. „Brunn!" Die Beschwerdeführerin schaute verwirrt: „Also gut, Herr Brunn." „Nein, Dittelbrunn!" korrigierte sie der Schulleiter. „Wie auch immer, auf jeden Fall gehört ein solcher Mann nicht in den Schuldienst", schloss Frau Müller-Tiefenschläger die Beweisführung ab.

Hätte man Hürsch gefragt, mit wem er mehr sympathisiere, mit Konstantin oder mit Eberhard, dann hätte er kleinlaut zugeben müssen, dass ihm Eberhard persönlich näher stünde, denn auch er hatte früher manche Mathematiknote nur schlauen Banknachbarn zu verdanken gehabt. Da ihn glücklicherweise niemand fragte, unterdrückte er ein im Moment wenig opportunes Schmunzeln und antwortete mit sonorer Stimme: „Ich werde meinen Kollegen Ditteldingsda, ääh, Dittelbrunn in den nächsten Tagen darauf ansprechen, um seine Stellungnahme einzuholen.“

Nachdem sich die energische Mutter noch über einige vergleichbare Fälle dubioser Notengebung seitens anderer Lehrer und über weitere Drangsalierungen Konstantins in der Klasse sowie über Konstantins ehrgeizige späteren Studienwünsche ausgelassen hatte, schaute sie auf ihre Armbanduhr und stand abrupt auf. Sie müsse jetzt nach Hause, da ihre Putzfrau sonst ohne Schlüssel vor der Haustür stünde und ihre Arbeit nicht verrichten könne. Hürsch huschte um seinen Schreibtisch herum und begleitete sie zur Tür, hielt ihr diese weit auf und wünschte ihr einen angenehmen Tag.

„Ach ja, da ist noch eine Kleinigkeit, die ich ihnen mitteilen will“, sagte Frau Müller Tiefenschläger bereits im Sekretariat stehend. „Mein Mann hat unsere Urlaubsreise vier Tage vor Beginn der Sommerferien gebucht, da außerhalb der Ferienzeit die Reise deutlich billiger ist. Ich denke, dass sie dagegen nichts einzuwenden haben!? In den letzten Tagen werden ja ohnehin nur noch Filme gezeigt und lustige Spielchen gemacht."

Hürsch, dem die mittlerweile ungeahnten Ausmaße annehmenden Sonderwünsche von Eltern ein Gräuel waren, hatte da sehr wohl etwas dagegen einzuwenden. Außerdem wusste er, dass Herr Dr. Müller Tiefenschläger Inhaber einer kieferchirurgischen Praxis in dem Nachbarstädtchen Gerolstein war und sicher nicht am Hungertuch nagen musste. Früher hatten ihn Eltern anlässlich des Ablebens der Oma höflich gefragt, ob das Kind vielleicht einen Vormittag in der Schule fehlen dürfe, um an der Beerdigung teilzunehmen. Heute waren es gleich vier Tage und die Oma lebte noch oder fuhr, inkl. ihres neuen Liebhabers, fröhlich mit in den Urlaub.

Folglich antwortete er relativ unverbindlich: „Das werde ich noch mit der Schulbehörde in Trier abklären (was er eigentlich nie tat!), aber laut Schulgesetz ist ein solches Vorhaben nicht statthaft. Ich befürchte, dass sie ihren Urlaubstermin verschieben müssen."

Frau Müller-Tiefenschläger „was not amused“ und entschwand wortlos.

Als er wieder das Sekretariat zu seinem Arbeitszimmer hin durchquerte, bemerkte er die halb entgeisterten, halb amüsierten Blicke der beiden Sekretärinnen. „Ja, ja, ich weiß“, sagte Hürsch, „die Dame ist schon ein besonderes Kaliber. Oberstudienrat Knolle, unser Militärexperte, nennt sie immer die *Dicke Bertha*.“ Als er die Verständnislosigkeit in den Augen der beiden Sekretärinnen bemerkte, ergänzte er: „Die *Dicke Bertha* war im Ersten Weltkrieg ein 42 cm Mörser der Deutschen, der auf einer Lafette sitzend so konstruiert war, dass ein Überkippen nach vorne gerade noch verhindert wurde.“

Weder Hasensterz noch Koller konnten von sich behaupten, mit der Person und dem Auftreten von Frau Müller-Tiefenschläger besonders zu sympathisieren, dennoch fanden sie als emanzipierte Frauen von Heute den Vergleich ziemlich unpassend. Deshalb entgegnete Frau Hasensterz dezent unterkühlt, sie verfüge über keinerlei militärische Grundkenntnisse aus dem Ersten Weltkrieg und bedürfe derer auch nicht. zumal sie da noch lange nicht auf der Welt war. Aber das sei hier auch nicht das eigentliche Problem.

„Was ist denn dann das Problem, meine Damen? Sitzt der Schlips nicht richtig oder habe ich mein Jackett verkehrt herum angezogen?“, fragte sodann ihr nun leicht gereizt wirkender Vorgesetzter. Nein Schlips und Jackett seien in einem für den Alltag befriedigenden Zustand, flötete Frau Koller, aber vielleicht solle er mal in den Spiegel schauen. Als er dann in den neben der Garderobe hängenden Spiegel blickte, sah er rund um seinen Mund noch Reste von Zahnpasta und sein Toupet, welches er seit drei Jahren in der Öffentlichkeit trug, saß ebenfalls alles andere als vorbildlich auf seinem Haupt.

„Warum sagt mir das denn keiner?“, blaffte er seine beiden Sekretärinnen an. „Das sieht ja verboten aus!“ „Das hätten wir sicherlich getan, aber Sie waren zu schnell in ihrem Dienstzimmer verschwunden und die resolute Dame folgte ihnen ja förmlich auf dem Fuße“, antwortete Frau Hasensterz. Der Oberstudiendirektor schaute zerknittert.

Die Wahrheit war, dass die Vorzimmerdamen sehr wohl noch die Möglichkeit gehabt hätten, ihren Herrn und Meister auf sein defizitäres Äußeres hinzuweisen, es jedoch vorgezogen hatten, sich zunächst einmal hemmungsloser Heiterkeit hinzugeben. „Wenn ich mir vorstelle, ich wäre seine Frau“, hatte Frau Koller ihrer Kollegin zugeflüstert, „und ich säße jeden Morgen am Frühstückstisch einem derartigen Mann gegenüber, ich glaube ich würde vor Lachen vorzeitig in Rente gehen müssen.“ Sie stammte aus Bayern und lachte gerne und viel.

Nachdem er wieder - nun weniger absonderlich anzuschauen - an seinem Schreibtisch Platz genommen hatte, kreisten Hürschs Gedanken um Frau Müller-Tiefenschläger. „Ob die Frau wohl annimmt, dass ich immer so aussehe?“, sinnierte er. „Aber vermutlich ist sie so von sich selbst eingenommen, dass sie derartige Kleinigkeiten gar nicht weiter bemerkt. Auf jeden Fall werde ich mich einmal näher nach diesem Konstantin erkundigen. Bei der Mutter bedarf der beklagenswerte Junge möglicherweise unserer besonderen pädagogischen Fürsorge. Nur gut, dass derartige Personen keinen Einfluss auf die Notengebung und die Einstellung und gegebenenfalls Entlassung von Lehrkräften an staatlichen Gymnasien besitzen. Gelobt sei der den Lehrern Schutz gebende Beamtenstatus und die finanzielle Unabhängigkeit der öffentlichen Schulen.“ Er stand auf und wies Frau Koller an, einmal nachzuschauen, welche Lehrkräfte in dieser 10. Klasse unterrichteten.

Auf ihrem Weg nach Hause dachte auch Frau Müller-Tiefenschläger über das Gespräch mit Direktor Hürsch nach. „Hat der kleine Mann keine Frau, die ihm morgens die Zahnpasta aus dem Gesicht wischt?", ging es ihr durch den Kopf. „Und der unmögliche Haarschnitt erst! Was ist dessen Friseur eigentlich von Beruf? Da ist ja die vierbeinige Promenadenmischung unserer Nachbarin besser frisiert. Von so einem Mann kann man natürlich kaum Hilfe erwarten. Er hat sicher keinerlei natürliche Autorität im Kollegium. Wirklich schade, dass die Elternvertreter so gut wie keinen Einfluss bei der Besetzung von Direktoren- und Lehrerstellen geltend machen können. Notfalls kommt unser Junge auf ein privates Internat. Da wird er dann so gefördert werden, dass die Noten für sein späteres Universitätsstudium ausreichen. Geld spielt keine Rolle."

Die Putzfrau, welche geduldig vor der Haustür wartete, wäre mit Sicherheit gänzlich anderer Meinung gewesen, hätte man sie nach der Bedeutung von Geld für sie selbst und ihre drei Kinder befragt.

Saunabegegnung

Studienreferendarin Friederike Hoppenwerth war wütend. Normalerweise entsprach das nicht ihrem Naturell. Sie neigte bei persönlichem Missgeschick eher zu traurigen Selbstvorwürfen. Aber in diesem Fall hatte sie allen Grund auch einmal wütend zu reagieren. Sie hatte sich zwei Wochen intensiv auf ihre unbenotete Lehrprobe in Geschichte vorbereitet, alles mehrfach mit ihrem Mentor an der Schule, Herrn Melchior, durchgesprochen, die Klasse hatte brav mitgespielt und dann dieser Reinfall.

Ihr Fachleiter, der kleine, pummelige Herr Pabst, hatte in der Nachbesprechung kaum ein gutes Haar an ihrer Unterrichtsstunde gelassen. Die Darstellung der Gründe für den Eintritt der USA in den Ersten Weltkrieg auf Seiten der Entente sei zu einseitig gewesen. Die von ihm immer wieder angemahnten Methodenwechsel hätten geschickter vorgenommen werden können und ihr Lehrerverhalten vor der Klasse müsste auch in vielerlei Hinsicht verbessert werden. Ihre Nervosität würde die Schüler ja geradezu anstecken. Herr Melchior hatte dem Seminarlehrer zwar ruhig und sachlich widersprochen, doch seine Argumente waren von Pabst kaum zur Kenntnis genommen und gereizt beiseite gewischt worden.

Hoppenwerth hätte den kleinen, rundlichen Wichtigtuer glatt als Kanonenkugel auf den Mond schießen können. Die Figur dazu besaß er ja. Nur dank des ebenfalls anwesenden Direktors Hürsch war die Unterrichtsreflexion dann doch noch in ein etwas angenehmeres Fahrwasser gelangt. Er sei zwar selber kein Historiker, hatte dieser angemerkt, doch geschichtlich sehr interessiert und so könne er die Argumentation von Herrn Melchior in einigen Punkten durchaus nachvollziehen. Im Übrigen hätte die junge Dame aufgrund ihrer insgesamt positiven Ausstrahlung besonders die Jungen des Kurses zu eifriger Mitarbeit angeregt, auch wenn die Antworten manchmal ziemlich dämlich gewesen seien.

Wieder zu Hause überlegte Frau Hoppenwerth, wie sie sich am besten ihres Frustes entledigen könnte. Sie könnte sich ins Bett legen und bis zum Einschlafen heulen oder in die Stadt gehen und sich ein Paar teure Schuhe kaufen oder ihre Co-Referendarin, Frau Giancomelli, anrufen und sie einladen, mit ihr zusammen auf dem Marktplatz im Bushäuschen mindesten drei Flaschen italienischen Wein zu leeren. Letzteres tat sie dann. Ihre Freundin Brunhilde Giancomelli, deren Vater, ein italienischer Eiscafébesitzer, der bei Wahl des Vornamens seiner Tochter wohl eine Flasche italienischen Rotwein zu viel getrunken bzw. den Begriff „Integration in die deutsche Leitkultur" etwas zu ernst genommen hatte, kam jedoch auf eine noch verwegenere Idee. Warum solle man nicht in die Sauna des nahegelegenen Sporthotels Grafenstein gehen? Dort könne man seinen Alabasterkörper zur Schau stellen und obendrein seinen Frust ausschwitzen.

Frau Hoppenwerth war von diesem Vorschlag wenig angetan. Sie hatte vor Jahren einmal mit einem früheren Freund, einem Anbeter der Freikörperkultur, eine Sauna besucht. Außer ihnen waren damals noch zwei alte Männer mit dünnen Beinen und schrumpeligem Hintern und ein lärmender Kegelclub, deren Mitglieder, Männlein wie Weiblein, am frühen Abend alle schon hackebreit zu sein schienen, in der Sauna gewesen. Danach war ihr Bedarf an öffentlichen Saunavergnügungen fürs Erste gestillt.

„Leider hat ja nicht jeder den Körper einer römischen Göttin so wie du, Bruni", versuchte sie zaghaft einzuwenden, wohl wissend, dass sie sich ihrer Maße wegen auch nicht zu verstecken brauchte. „Papperlapapp, red nicht so prüde daher, Frieda. Wir beide werden den Laden mal so richtig aufmischen. Da vergisst du den drolligen Pabst und kommst wieder auf christlichere Gedanken“, entgegnete die römische Göttin. „Also, in einer halben Stunde steht mein Oldtimer vor deiner Haustür und wir rocken die Saunabude.“

Nach genau einer halben Stunde quietschten die Bremsbacken eines altersschwachen Fiat Panda vor dem Haus, in dem Frau Hoppenwerth für die Zeit ihrer Referendarzeit in Daun ein möbliertes 1-Zimmer Appartement gemietet hatte. „Wollen wir vielleicht doch lieber zum Heines und was trinken? Vielleicht treffen wir ja dort noch andere Referendare. Ich habe gerade mit meinem Verlobten Hagen telefoniert und der hat gesagt, ich solle mich unterstehen, ohne ihn solch unzüchtige Begegnungsstätten wie eine Sauna aufzusuchen“, wagte Hoppenwerth einen letzten Versuch, das Unheil abzuwenden, nachdem Brunhilde ihre Wohnung betreten hatte. „Du kannst deinem jetzigen Lebensabschnittsgefährten, dem Hauptmann der unbesiegbaren Panzergrenadiere, einen schönen Gruß von mir bestellen. Er soll sich einbuddeln und auf den Feind warten. Der kommt meist von hinten. Ansonsten soll er die Klappe halten und seine Flinte putzen“, erwiderte daraufhin Brunhilde resolut.

Da Gegenwehr nunmehr aussichtslos erschien, fuhr man also zum Sporthotel Grafenstein, wo eine adrette Fachfrau der Wellnessbranche 15 € Eintritt in die hoteleigene Sauna begehrte. Hoppenwerth staunte. 15 schlappe € für drei Stunden Schwitzen! Brunhilde, die ihren verwunderten Blick sah, beruhigte sie: „Was sind schon 15 € im Vergleich zu den Kosten für die vielen Fachbücher, unzähligen Kopien und die ganzen Schönheitstinkturen und Miniröcke, die man als Referendarin so benötigt, um im Referendariat seine Ausbildungslehrer zufrieden zu stellen?“

Nach dem Verschließen der Kleidung im Garderobenschrank betrat man daraufhin, so wie Gott den Menschen schuf, die Räumlichkeiten der Saunalandschaft. Zuvor hatte Frau Giancomelli Ihre Freundin noch vor einer mittelgroßen Peinlichkeit bewahrt. Diese war nämlich aus ihrer Umkleidekabine im Bikini herausgetreten. „Zieh sofort diesen albernen Firlefanz aus!“, hatte sie gesagt. „Wir sind hier in einer ganz normalen Schwitzbude und nicht am Damenstrand des Kaiserbades Heringsdorf auf Usedom. Du machst uns zum Gespött aller Leute.“

Nach dem Duschen - vier auf einer Bank sitzende und gerade ein kaltes Fußbad nehmende Fußballspieler des 1. FC Untergeckler hatten nur den Rücken von Hoppenwerth, dafür aber eine grandiose Rundumsicht von Brunhilde Giancomelli zu sehen bekommen - begab man sich in die etwa 80°C heiße Finnische Sauna. Während sich Hoppenwerth auf die oberste Bank in eine Ecke hockte, legte sich ihre Freundin, die Arme hinter ihrem Kopf verschränkt, raumgreifend auf eine der mittleren Bänke auf den Rücken. „Dein Popo wird es da oben nicht lange aushalten. Dort ist es immer am heißesten“, rief sie ihrer Freundin laut zu. Die Augen aller in der finnischen Sauna Anwesenden wanderten zu Friederike Hoppenwerth hin. Es waren dies drei ältere Herren um die 50 mit ausgeprägtem Bauchansatz, ein marokkanischer Hilfskellner, drei fidele, mehr oder weniger geschiedene Krankenschwestern mittleren Alters sowie die vier Fußballspieler des 1. FC Untergeckler, welche ihr kaltes Fußbad abrupt abgebrochen und direkt hinter ihnen die Finnische Sauna betreten hatten.

„Wenn es mir heiß wird, setze ich mich auf eine untere Bank“, entgegnete Hoppenwerth. „Ja unbedingt, ich bitte drum“, sagte sofort ein unten sitzender muskulöser Fußballspieler. „Das gibt zwanzig Liegestütze extra“, kicherte eine der fidelen Krankenschwestern. Alle lachten. Der Marokkaner hatte zwar nur „Popo“

und „extra“ verstanden, lachte jedoch herzhaft mit. Friederike Hoppenwerth wurde es ziemlich schnell heiß, blieb aber die ganzen 20 Minuten standhaft in ihrer Ecke auf der obersten Bank sitzen.

Nach einer Abkühlphase auf der mit einem Sichtschutz versehenen Terrasse und einer kalten Dusche gingen die beiden Referendarinnen in den Ruheraum. Wirkliche Ruhe bekamen sie allerdings dort zunächst nicht, da auch drei der vier Fußballspieler dieselbe Räumlichkeit aufsuchten und alsbald versuchten, eine gepflegte Konversation mit ihnen aufzunehmen.

Ob sie Weinköniginnen von der Mosel seien oder vielleicht Models für Adamskostüme, lautete die erste Frage. „Knapp verfehlt“, gab die Brunhilde zurück. Sie sei die Verlobte eines russischen Martial Arts-Fighters und ihre blonde Freundin die frisch gekürte Vizemeisterin von Rheinland-Pfalz im Sumo-Ringen. Die Oberweite würde stimmen, bemerkte einer der mit einer scharfen Beobachtungsgabe ausgestatteten Balltreter, aber ansonsten wären doch Sumo-Ringer und gegebenenfalls auch Ringerinnen eher etwas fülliger. „Nö, nicht immer! In meinem Fall: bis 65 kg-Klasse! Untere Gewichtsklasse!“, klärte ihn Hoppenwerth auf und zog den Gürtel ihres Bademantels fester zu. Schade, sagte der Muskulöse, er wiege leider fast 100 kg. Er wäre zu gern mal mit ihr in den Ring gestiegen. Woraufhin der dritte Fußballer, der die schmalste Statur hatte, mit leuchtenden Augen verkündete, er wöge nur 70 kg und würde gleich am nächsten Tag mit der Diät beginnen, um auf 65 kg zu kommen. Dann würde er gegen sie antreten.

Hoppenwerth bedankte sich artig für die Mühen, die er auf sich nehmen wolle, doch sie würde sich dann im gleichen Zeitraum auf 70 kg hochfuttern, nur um einen solchen ungleichen Kampf zu vermeiden. Er hätte ja so oder so nicht den Hauch einer Chance gegen sie.

Ob er dann wenigstens von der Bar eine Flasche Sekt holen und mit Ihnen auf Hoppenwerths Vizemeisterschaft anstoßen dürfe, fragte der enttäuschte Freizeitkicker daraufhin, zumal sie auch etwas zu feiern hätten. Ihr Verein, der traditionsreiche 1. FC Untergeckler, wäre mit seinem heutigen Kantersieg in der Kreisklasse B gegen den ersatzgeschwächten SV Hinterhausen - von der Konkurrenz auch liebevoll, aber ungerecht Saufverein Hinterhausen genannt - endlich vom letzten auf den vorletzten Tabellenplatz geklettert. Die Mannen von Germania Dudeldorf dürften sie deshalb nicht mehr via Twitter als den “Letzten FKK

Untergeckler“ bezeichnen. Die beiden jungen Frauen erklärten jedoch höflich, dass jede von ihnen schon vor der Sauna eine halbe Flasche Wodka getrunken hätte und sie daher erst einmal keinen Alkohol mehr sehen könnten. So plätscherte das launige Gespräch noch eine Weile hin und her, bis die drei Ausnahmesportler feststellen mussten, dass es hier keinen Blumentopf zu gewinnen gab, und zerknittert abzogen.

Den Referendarinnen war somit vor dem nächsten Saunagang doch noch etwas Entspannung vergönnt. Friederike las in einer im Ruheraum ausliegenden Illustrierten einen Artikel über die frühkindliche Entwicklung von Neugeborenen (ihre Schwester hatte ein Kind bekommen und sie war natürlich die Patin geworden) und Brunhilde holte ihren Nachtschlaf nach, da sie als begeisterte Hobbykriminalistin meistens bis weit nach Mitternacht Kriminalromane las.

Nach kurzer Zeit gewann man allerdings den Eindruck, dass Brunhilde im Traum ebenfalls auf Verbrecherjagd ging und durch somnambule Zuckungen und undeutlich hervorgestoßene Drohungen Spitzbuben zu erschrecken versuchte. Als die Intensität dieser Art von Verbrechensbekämpfung so zunahm, dass andere Erholungssuchende im Ruheraum besorgt in ihre Richtung guckten, stieß Hoppenwerth sie schließlich an und weckte sie. Sie erklärte der - ob dieser abrupten Unterbrechung ihrer kriminalistischen Bemühungen - momentan leicht verwirrt dreinschauenden Freundin, dass man vielleicht jetzt daran denken solle, das Saunavergnügen fortzusetzen, wolle man nicht die Schließungszeit verschlafen.

Es folgten Whirlpool und Fußbad. Besonders der Whirlpool hatte es Brunhilde angetan. Zusammen mit den drei Herren um die 50 mit Bauchansatz planschte sie geschlagene dreiundzwanzig Minuten darin herum. Als sie danach neben Friederike ihre Füße in das Fußbad steckte, sagte diese zu ihr, dass sie das nächste Mal unbedingt auch noch Entchen und Schiffchen mit in den Whirlpool nehmen sollte, dann würde es noch mehr Spaß machen. „Keine schlechte Idee!", lachte Brunhilde. „Ein großer, bunter Wasserball rundet das Ganze vielleicht noch ab. Dann kann man sich den auch noch gegenseitig an den Kopf werfen."

Nach weiteren zweieinhalb Stunden hatte man die empfohlenen Schwitzkuren in der Bio-Sauna und die Dampfbäder absolviert, nur der abschließende zweite Gang in die Finnische Sauna fehlte noch. Als sie diese betraten, hatte ein besonders fanatischer Saunafreund gerade zuvor einen Aufguss getätigt, der es in sich hatte.

Die Hitze war kaum erträglich. Tastend bewegten sie sich die Bänke entlang und versuchten in dem schummerigen, gut frequentierten Raum zwei freie Plätze zu finden. Nach einigen körperlichen Berührungen mit anderen bereits dort schwitzenden Saunisten und den obligatorischen Entschuldigungen gelang dies erst nachdem ein kleiner, rundlicher Mann großzügig seine vorher eingenommene Liegeposition aufgegeben und stattdessen eine Sitzposition eingenommen hatte. Dieser saß nun schnaufend zwischen ihnen.

Brunhilde beugte sich leicht nach vorne und schaute am Bauch des Mannes vorbei zu Friederike hin, da sie befürchtete, diese könnte in dem überfüllten Raum einen Anfall von Platzangst bekommen. Doch dann sagte sie plötzlich: „Mein Gott, was für eine Überraschung, Sie hier zu treffen, Herr Pabst. Sie möchten offensichtlich auch etwas für ihre Gesundheit und ihre Schönheit tun.“

Friederike blieb vor Schreck fast das Herz stehen. Ihr Kopf schnellte herum und sie blickte in die nicht minder verschreckten Kulleraugen ihres „Lieblingsausbilders“ am Studienseminar. „Man tut, was man kann“, stammelte die Koryphäe fundierten pädagogischen Fachwissens und versuchte sein Badetuch nach vorne über seinen Schoß zu schlagen.

Da Frau Giancomelli jedoch beim Hinsetzen nicht nur auf ihrem, sondern auch auf seinem noch darunter liegenden Badetuch Platz genommen hatte, gelang dies nur sehr bedingt. Als sie ein Rucken und Reißen unter ihrem Hintern verspürte, blickte sie den kleinen Studiendirektor scheinbar verdutzt an und fragte, so dass es alle hören konnten, warum er ihr jetzt schon das Badetuch wegnehmen wolle. Eine ihnen schräg gegenübersitzende Walküre von Frau warf daraufhin Pabst einen vernichtenden Blick zu und nahm eine bedrohliche Haltung ein.

Er wolle weder gleich zu Beginn noch überhaupt irgendwann irgendjemandem das Saunatuch entwenden, entgegnete Pabst, aber sie säße auf *seinem* Saunatuch und er bäte darum, ihm die volle Verfügungsgewalt über sein Eigentum zurückzugeben. Brunhilde ging aufs Ganze: „Aber nur, Herr Pabst, wenn sie zu mir und insbesondere zu meiner lieben Freundin Frau Hoppenwerth in Zukunft im Rahmen unserer Referendar-Ausbildung nur noch freundlich und nett sind und uns nur noch gute oder sehr gute Beurteilungen geben.“ Darüber müsse er erst einmal gründlich nachdenken, entgegnete Pabst. Jetzt wolle er aber zunächst nur sein Badetuch zurück.

Frau Hoppenwerth, die ihre Erziehung nicht in einer italienischen Eisdiele, sondern in einem Villenhaushalt erhalten hatte, sah sich trotz ihrer im Allgemeinen zurückhaltenden Wesensart gezwungen, hier schlichtend zu intervenieren. „Sie sollten das Verhalten meiner Freundin nicht überbewerten“, beeilte Sie sich, dem Seminarlehrer in gedämpften Ton zu versichern. „Sie ist einfach so. Ihre Lockerheit und ihr Humor machen sie bei den Schülern ja gerade so beliebt. Sie besitzt von Natur aus das, was sie in meiner Unterrichtsstunde heute Morgen wahrscheinlich vermisst haben.“ Der kleine, dicke Mann schien besänftigt und erhielt sein Badetuch zurück.

Anschließend schwitzte man ohne viele Worte andächtig zehn Minuten vor sich hin. Da mittlerweile einige Personen die Finnische Sauna verlassen hatten und somit wieder mehr Platz zur Verfügung stand, hatte sich Frau Giancomelli in die ihr offensichtlich liebste Position, die Rückenlage, begeben, wobei sie es sich nicht verkneifen konnte, hin und wieder zu Studiendirektor Pabst hinzuschielen, um festzustellen, ob dieser auch ihren italienischen Rundungen gebührend Beachtung schenkte. Zu ihrer Enttäuschung schien dieser jedoch in Gedanken verloren nur die ihm gegenübersitzende Walküre anzustarren, bis die Frau endlich grimmig aus dem Raum stapfte. Herr Pabst besaß jedoch keine besonders ausgeprägte Schwäche für kräftige, nackte Frauen. Nein, er hätte auch die leere Wand angestarrt. Er hatte lediglich intensiv nachgedacht.

Schließlich wandte er sich an die immer noch in leicht verkrampfter Haltung neben ihm sitzende Referendarin Hoppenwerth, räusperte sich zweimal und sagte, er wüsste zwar nicht, ob dies der geeignetste Ort für pädagogische Fachgespräche sei, aber da man sich nun mal hier getroffen hätte, wolle er doch noch einmal kurz den Unterrichtsbesuch von heute Morgen ansprechen. Er hätte noch einmal mit Oberstudiendirektor Hürsch in dessen Büro konferiert und wäre in Übereinstimmung mit diesem zu der Erkenntnis gelangt, dass die Unterrichtsstunde nach eingehender Abwägung aller relevanten Aspekte doch insgesamt recht passabel gewesen sei. Wenn sie in Zukunft auch noch die von ihm angesprochenen kleineren Kritikpunkte beherzige, sei er hoffnungsvoll, dass die demnächst anstehende benotete Lehrprobe und die abschließende Examenslehrprobe bei Anwesenheit des Leiters des Studienseminars, Herrn Dr. Jodel, einen guten Verlauf nehmen würden.

Was er nicht erwähnte, war der Umstand, dass er heute Morgen in einer denkbar schlechten Laune in die Schule gekommen war. Er hatte beim Frühstück wieder eine dieser grässlichen Auseinandersetzungen mit seinem 14-jährigen, pubertierenden Sohn Ole und seiner ihren Sohn stets unterstützenden Ehefrau gehabt. Dieser kleine, ihm wie aus dem Gesicht geschnittene, pummelige Nichtnutz brachte immer noch dieselben schrecklichen Kumpane mit nach Hause, schaute immer noch in seinem von innen abgeschlossenen Zimmer die fürchterlichsten Horrorfilme und weiß der Himmel was sonst noch bis spät in die Nacht hinein an und verhaute folglich immer noch fast jede Klassenarbeit.

Er hatte ihm angedroht, dass, wenn er nicht umgehend zur Vernunft käme, er ihn vom Gymnasium runterholen würde. Dann könne er später in Trier Fußwege pflastern oder Straßenmusikant werden. Nein, hatte dieser erwidert, er wolle lieber Referendar-Ausbilder werden. Das sei weniger anstrengend und man bezöge obendrein noch ein prächtiges Beamtengehalt, so dass der Sohn eines solchen Mannes doch eigentlich ein deutlich höheres Taschengeld erhalten müsste als die läppischen 30 €, die er jeden Monat bekäme (die ihm immer heimlich von seiner Mutter zugesteckten 20 € verschwieg er tunlichst).

Selbst das Singen einer Nachtigall wäre Pabst an diesem Morgen wie das Krächzen eines Raben vorgekommen. Einzusehen, dass dies möglicherweise seinen klaren Blick hinsichtlich der Beurteilung von Unterricht eingeschränkt haben könnte, war ihm schwergefallen. Aber selbst Seminarlehrer verfügen hin und wieder - häufig allerdings mit Zeitverzögerung - über eine gewisse Portion Selbsterkenntnis.

Ob sie sich denn mit dieser letztendlich doch recht positiven Einschätzung ihres Unterrichts einverstanden erklären könnte, fragte er die überraschte Hoppenwerth. Bevor diese antworten konnte, sagte Giancomelli, Pabsts vorherige Worte wiederholend, von rechts unten, dass dies sehr nett sei , aber man müsse darüber erst einmal gründlich nachdenken. Jetzt endlich warf Papst einen mehr oder weniger verlegenen Blick auf ihren Alabasterkörper und schmunzelte dabei sogar. Giancomelli war zufrieden.

Hoppenwerth hingegen überkamen spontane Glücksgefühle. Am liebsten hätte sie dem Pabst die Füße geküsst. Zu was man, nur um eine Verbeamtung im staatlichen Schuldienst zu erreichen, doch alles fähig wäre, dachte sie einige Stunden später vor dem Zubettgehen. Jetzt aber lächelte sie nur freundlich und sagte in ihrer sanften, melodischen Stimme, dass dieser Sinneswandel sie außerordentlich freuen würde und sie sich auch weiterhin nach Kräften um das Wohl ihrer Schüler bemühen wolle.

Als Pabst später in seinem kurz nach seiner Beförderung zum Studiendirektor angeschafften BMW 100 - seinen noch gar nicht so alten Peugeot 308 hatte er in Zahlung gegeben - nach Hause fuhr, dachte er, was für eine angenehme Stimme die junge Frau doch habe. Da könne sich ihre freche Freundin eine Scheibe von abschneiden. Aber beide würden später im Schulalltag schon klarkommen. Die eine so, die andere so. Davon war er überzeugt, denn er hatte trotz gelegentlicher kleinerer Fehleistungen bei der Bewertung von Unterricht schon ein recht gutes Gespür für die pädagogische Eignung oder Nichteignung der ihm zugeteilten Referendare.

Am nächsten Tag saßen sich die beiden jungen Frauen im Lehrerzimmer in der großen Pause gegenüber. Friederike Hoppenwerth war immer noch verwundert und sagte mit leiser Stimme: „Was war das gestern für eine Überraschung, Bruni? Mit so etwas hätte ich im Leben nicht gerechnet." Da hätte sie aber schon erheblich größere Überraschungen gesehen und sie hätte von schräg unten einen guten Blick darauf gehabt, erwiderte ihre Freundin. „Ferkel!" entfuhr es der immer um Anstand bemühten Mitreferendarin. „Darauf kannst du wetten, Friedalein!", kicherte die nicht ganz so anständige Giancomelli.

Elternsprechtag

Oberstudienrat Hans-Wilhelm Rumpel, Lehrkraft am Sankt-Laurentius-Gymnasium in Daun, kam entgegen seiner sonstigen Gewohnheit eigens 15 Minuten früher, um im Klassenraum seiner 10.Klasse, in dem die Elterngespräche stattfinden sollten, für Sauberkeit und Ordnung zu sorgen. Dies erwies sich als außerordentlich vorausschauend, denn seine Klasse hatte den Raum einmal mehr in einem äußerst kreativen Chaos hinterlassen.

Während er also zusammengeknülltes Butterbrotpapier vom Boden in den Papierkorb beförderte, Stühle und Tische wieder korrekt in Reihe stellte und die Fensterbank von halb leeren Cola-Dosen und zwei liegen gebliebenen Schokoriegeln (Siegberts Geburtstagsmitbringsel für die Mitschüler waren offensichtlich nicht jedermanns Geschmack gewesen) befreite, klopfte es bereits energisch an die Tür des Klassenzimmers. Er steckte sich die Schokoriegel in seine Jackentasche und schaute irritiert auf seine Uhr. Sechs Minuten zu früh! Der Tag würde noch anstrengend genug werden. Die Gespräche sollten mit kleineren Unterbrechungen im Zehn-Minuten-Rhythmus bis in die Abendstunden dauern. Pro Schüler waren also etwa zehn Minuten vorgesehen.

Das erste Gespräch sollte laut Plan genau um 8 Uhr mit Frau Müller-Tiefenschläger, Mutter von Konstantin Müller-Tiefenschläger, beginnen. Rumpel kannte die Frau zwar nicht persönlich, wusste aber, dass sie die Gattin des im Nachbarstädtchen Gerolstein praktizierenden Kieferchirurgen war und jetzt auch als Mitglied des erst kürzlich neu gewählten Schulelternbeirates dieser Schule fungierte. Ihr Sohn hatte aus nicht klar erkennbaren Gründen das Gymnasium des Nachbarstädtchens verlassen und war nun seit gut anderthalb Jahren auf dem Sankt-Laurentius-Gymnasium in Daun. Leicht verärgert ging er also zur Tür und stand einer strahlenden, relativ hübschen Mutter gegenüber. „Na, wenigstens das“, dachte er.

„Guten Morgen, Frau Müller-Tiefenschläger“, sagte er so freundlich, wie es ihm so früh am Morgen möglich war und lächelte dabei zuvorkommend. Nein, es täte ihr leid, die Frau Müller-Sowieso sei sie nicht, aber sie sei dafür berufstätig und alleinerziehend. Sie hätte für ihre Tochter keinen passenden Termin mehr erhalten. Deshalb wollte sie nur mal kurz ganz unbürokratisch vorbeischauen, um den neuen Französischlehrer ihrer

Tochter persönlich kennen zu lernen. Rumpel rückte sich die Krawatte zurecht. „Aber natürlich, sehr gerne. Es freut mich außerordentlich. Kommen sie bitte herein."

Auf dem Weg zu seinem Stuhl bemerkte er, dass sein Hosenstall offen stand. Also zog er, sich etwas zur Seite abwendend, dezent mit der linken Hand den Reißverschluss des Hosenlatzes nach oben, während er mit der rechten Hand weit ausholend seiner Besucherin galant ihren Platz zuwies. Der erste Eindruck zählt!

Es stellte sich heraus, dass die strahlende, resolute Mutter zu der sehr stillen, schüchternen Lilly Wunderlich in der 7c gehörte. Lehrer Rumpel eröffnete das Gespräch mit einem großen Lob für die muntere, aufgeweckte Klasse und schaute danach bedächtig in sein Notenbuch, musste aber leider feststellen, dass er für die kleine Lilly außer ihrer 4- in der ersten Klassenarbeit noch überhaupt keine Noten eingetragen hatte. Er sah im Geiste zwar vage das blasse Gesicht des Mädchens vor sich, konnte sich jedoch partout an keine nennenswerte andere mündliche oder schriftliche Leistung der Göre erinnern.

Immerhin waren ihm dieses Schuljahr drei neue Klassen mit insgesamt etwa achtzig Schülern zugeteilt worden. Da war es schon schwer genug, sich erst einmal die Namen einzuprägen. Früher war ihm das alles leichter gefallen, anderthalb Jahre vor der Pensionierung jedoch benötigte er für manche Dinge eben etwas länger. Um ehrlich zu sein, manches war ihm im Laufe der Zeit auch gleichgültiger geworden. Selbst junge Kolleginnen, die frisch an die Schule versetzt worden waren, fielen ihm mittlerweile erst nach mehreren Monaten auf. Das wäre ihm früher nicht passiert!

Eine junge Referendarin hatte er sogar einmal in der Pause zu deren Überraschung ziemlich schroff auf den Pausenhof an die frische Luft geschickt und ihr aufgetragen, drei Mal die Hausordnung der Schule abzuschreiben, weil er annahm, eine noch im Schulgebäude herumlungernde Schülerin vor sich zu haben. Ob die Referendarin darin einen wesentlichen Bestandteil der zweiten Phase ihrer Lehrerausbildung sah, blieb im Unklaren.

Folglich hob er alsdann die generelle Aufmerksamkeit der braven Lilly im Unterrichtsgeschehen hervor und verlieh der Hoffnung Ausdruck, dass die innere Beteiligung sich alsbald auch in einer mehr sichtbaren, benotbaren Beteiligung äußern möge. Die Botschaft schien auf fruchtbaren Boden zu fallen, denn Frau Wunderlich nickte einsichtig, wobei sie allerdings bemerkte, dass Lilly zu Hause alles andere als brav sei und ihren kleinen Bruder ziemlich oft drangsaliere.

Um das Gespräch abzurunden, erklärte Rumpel der Mutter noch die allgemeine Relevanz des Mittelstufenlehrplanes im Fach Französisch und versäumte auch nicht, sich nach dem generellen Befinden von Lilly in der neu zusammengesetzten Klasse zu erkundigen. Hier schien es nach Aussage von Frau Wunderlich keine besonders gravierenden Probleme zu geben, außer dass Frederik und Phillip in der Bank schräg hinter Lilly ihre Tochter des Öfteren mit zu Kügelchen zusammengerolltem Kaugummi bewerfen würden und Max sie immer „Lilly Wundertüte" rufen würde. Rumpel schaute sehr besorgt drein und versprach den anderen Fachlehrern davon Mitteilung zu machen, um diesem ungehörigen Treiben in einer konzertierten Vorgehensweise der Lehrerschaft ein Ende zu bereiten.

Als er Frau Wunderlich verabschiedet hatte, wartete Frau Müller-Tiefenschläger schon vor der Tür. Sie wundere sich, sagte diese, denn es sei jetzt schon fünf

Minuten nach acht und sie hätte schon um zehn nach acht ihren zweiten Gesprächstermin. Das würde sehr knapp werden. Zu der großen, recht korpulenten Dame aufblickend entgegnete Rumpel mit gewinnender Liebenswürdigkeit, dass ihr Konstantin doch einer der strebsamsten und diszipliniertesten Schüler der ganzen Klasse 10a sei und man sich demzufolge sicher nicht allzu lange über ihren Filius unterhalten müsse.

Diese Worte schienen Frau Müller-Tiefenschläger zu besänftigen und sie schritt mit schnellen Schritten auf den Lehrertisch zu, wobei ihr Blick über die geöffnete Tafel glitt, auf der geschrieben stand „Studienreferendarin Hoppenwerth trägt rosa Schlüpfer" und etwas weiter unten „Konstantin will, aber Susi will nicht."

Augenblicklich verfinsterte sich der Gesichtsausdruck der Dame wieder. Rumpel, der sich leicht verwirrt an den eigentlich den Eltern zugedachten Schülertisch gesetzt hatte, saß nun der Tafel direkt gegenüber und erkannte, dass er beim Herrichten des Klassenraumes leider den Tafelanschrieb übersehen hatte. Jetzt konnte er im Nachhinein auch das Verhalten von Frau Wunderlich deuten, die zunächst überrascht, dann amüsiert fortwährend über sein linkes Ohr in

Richtung Tafel geblickt hatte. Er hatte dies für einen niedlichen Silberblick gehalten. Allerdings schwante ihm nun Ungemach und es galt alle Register seines pädagogischen Fingerspitzengefühls zu ziehen.

Ihm war in der letzten Zeit nicht entgangen, dass Konstantin, der ja eigentlich eine Jahrgangsstufe höher war, aber in der eigenen Klasse sehr unbeliebt war, sich in jeder freien Minute drei Klassenräume daneben in der 9a und da vorzugsweise in unmittelbarer Nähe von Suzanne Boulette aufhielt. Ihr Vater war Franzose und vermögender Besitzer von drei profitablen Etablissements in der Eifel und im Hunsrück. Hans-Wilhelm Rumpel kannte ihn nur flüchtig, verschiedene andere Honoratioren der Stadt dagegen kannten ihn recht gut. Mit diesen Honoratioren verband Herrn Boulette eine fast freundschaftliche, auf jeden Fall aber diskrete Beziehung.

Die dralle Susi war die ungekrönte Schönheitskönigin in ihrer Klasse. Sie saß in der ersten Reihe in der Mitte und hatte mit ihrem unschuldigem Augenaufschlag und ihrem im Sommer, Frühling, Herbst und sogar im tiefsten Winter äußerst unbefangen zur Schau gestellten Dekolletee schon so manchem Junglehrer, je nach dessen psychischer Disposition, glasige

Augen verursacht oder die Schweißperlen auf die Stirn getrieben (oder beides). Rumpel, welcher die 9a in Latein unterrichtete pflegte angesichts derartiger kurviger Anfeindungen nur noch milde zu lächeln und aus dem Fenster auf seine nicht minder kurvigen, geliebten Eifelberge zu schauen.

Er angelte also mit ausgestrecktem Arm quer über beide aneinandergestellte Tische nach seinem nun vor Frau Müller-Tiefenschläger auf dem Lehrerpult liegenden Notenbüchlein und grinste sie dabei fröhlich an. Anscheinend wurde seine Geste jedoch falsch gedeutet, denn er wurde recht streng um Auskunft darüber gebeten, ob eine solche schulfremde Nutzung der Wandtafel in seinen Unterrichtsstunden üblich sei.

Rumpel, der sich vage daran zu erinnern glaubte, in seiner jugendlichen Sturm- und Drangzeit ganz ähnliche, an eine breitere Öffentlichkeit gerichtete Mitteilungen an die Tafel geschrieben zu haben, entgegnete in sonorem Tonfall: Nein, natürlich nicht. Einfach unerhört. Er werde die verantwortlichen Schüler umgehend ausfindig machen und zur Rechenschaft ziehen. Darauf könne sie sich verlassen.

Frau Müller-Tiefenschläger nahm diese Beteuerungen jedoch kaum zur Kenntnis, sondern verlangte ziemlich barsch, die Noten ihres Sohnes zu erfahren. Hier konnte Rumpel sie beruhigen. Alle Noten im Fach Latein seien bei Konstantin im grünen Bereich. Allerdings, versuchte Rumpel vorsichtig anzudeuten, gäbe es da doch ein kleines, sicher leicht zu behebendes Problem. Die Augenbrauen seiner Gesprächspartnerin fuhren erstaunt in die Höhe, ihr markantes Kinn schob sich nach vorne.

Rumpel rang nach Worten. „Also, es ist so", sagte er, „ihr Sohn hat mit einigen seiner Mitschüler nicht das allerbeste Verhältnis. Sein Sozialverhalten, auch Mädchen gegenüber, könnte eventuell ..." Weiter kam er nicht, denn Frau Müller-Tiefenschläger unterbrach ihn, indem sie darauf verwies, dass Konstantin wohlerzogen sei und zu Hause keinerlei Probleme bereite. Er solle Zahnmedizin oder Jura studieren, da käme es auf ganz andere Dinge an. Sie hätte neulich darüber auch schon mit Direktor Hürsch gesprochen.

Armer, armer Junge, dachte Rumpel nach einem alles in allem doch recht einseitigen Gedankenaustausch und notierte in sein Notenbuch: „Konstantins Sozialverhalten in Klassenkonferenz ansprechen. Wird des Öfteren gemobbt. Mutter sehr dominant."

Der danach folgende Gesprächspartner, so entnahm Rumpel seiner Liste, war Herr Kao Li, Vater von Kao Chi in der 8b, einem kleinen, gewitzten Hongkong-Chinesen. Dessen gesamte Großfamilie war erst vor einigen Jahren nach Deutschland eingewandert und betrieb mittlerweile mehrere gutgehende China-Restaurants in der Vulkaneifel. Nachdem er die Tafel schnell, aber gründlich sauber gewischt hatte, ging Rumpel auf den Flur vor dem Klassenzimmer und sah einen schmächtigen, schwarzhaarigen Mann, der entweder auf einem der dort von Hausmeister Molchewitz aufgestellten Stühle meditierte oder aber eingeschlafen war.

Nach mehrmaligem Räuspern Rumpels stand der kleine, schwarzhaarige Mann schlagartig auf und streckte dem Lehrer eine erstaunlich große Hand entgegen, wobei er sich mehrfach verbeugte und höflich lachte. „Ich freue mich sehr, Herr Kao. Treten Sie bitte ein", sagte Rumpel, indem er die Türe noch weiter öffnete. Herr Kao hatte jedoch nicht vor, als erster den Raum zu betreten, sondern gab dem Lehrer zu verstehen, er solle vor ihm in den Raum gehen. Rumpel, der im Laufe eines langen Berufslebens zu der Erkenntnis gelangt war, dass Gefälligkeit und zuvorkommendes Auftreten sich meist auszahlen, fing ebenfalls an, sich zu verbeugen und wollte dem anderen den Vortritt lassen. Nach etwa zwei Minuten wechselseitigen Verbeugens und gleichzeitigem Lächeln wurde es Rumpel jedoch zu dumm und er schlenderte nonchalant vor dem Chinesen durch die Tür.

Dem Chinesen gegenübersitzend stellte Rumpel dann recht schnell fest, dass dieser nur wenig Deutsch verstand. Zum Glück handelte es sich bei seinem Sohn Chi jedoch um ein durchaus intelligentes Bürschlein, das trotz großer Faulheit in der Regel passable Klassenarbeiten schrieb und auch im Mündlichen durch lustige und manchmal gescheite Antworten zu überzeugen wusste, so dass hier keine langen, tiefenpsychologischen Gespräche über den Jungen nötig erschienen. Folglich beschränkten sich Rumpels Ausführungen im Wesentlichen auf einige fundamentale Mitteilungen in der internationalen Zeichensprache, welche der Chinese mit eifrigem Kopfwackeln und häufigem Lachen quittierte.

Um jedoch nicht nur äußerst wortkarg beieinander gesessen zu haben - denn Sprache war eine Herzensangelegenheit des Latein- und Französisch-Lehrers Rumpel - erschien es diesem ratsam, am Ende doch noch einige abschließende höfliche Worte an den Chinesen zu richten, auch wenn dieser sie nicht ganz verstand. Also sagte er, dass er mit seiner Frau bereits mehrfach das China-Restaurant des Chinesen in der Leopoldstraße besucht habe (seine Frau wollte dorthin ...) und das Essen hervorragend gewesen sei (er selbst hätte ein deftiges Eisbein mit Sauerkraut vorgezogen ...). Doch das hätte er besser nicht getan, denn Herr Kao verstand die Worte „China-Restaurant" und „gutes Essen" sehr wohl und begann ihm mit lauter Stimme - aber für Rumpel, der wenig Pidgin-Denglish und noch weniger Chinesisch verstand, weitgehend unverständlich - das große Universum chinesischer Kochkunst zu erläutern.

Nach einer viertel Stunde Sprechzeit blieb Rumpel nichts anderes übrig als dezent auf seine Uhr zu deuten, woraufhin der Chinese abrupt innehielt, aufsprang, um den Tisch eilte und dem überraschten Lehrer überschwänglich dankend die Hand schüttelte und alsdann entschwand. Rumpel hatte das Gefühl, einen Freund fürs Leben gefunden zu haben.

Die nächste, pädagogischen Rat Suchende war eine verhärmt und zerzaust aussehende Frau mittleren Alters. Sie war angeblich die Mutter einer ziemlich vorlauten, frühreifen Göre in der 8b namens Cheyenne Artig. Rumpel hatte nie den Eindruck gehabt, dass das Mädchen besonders gut mit ihrem Nachnamen harmonierte. Auch die Mutter schien zunächst irgendwie auf Krawall gebürstet zu sein. Dennoch begrüßte er die Frau wohlwollend und bat sie, Platz zu nehmen.

„Womit kann ich dienen, liebe Frau Artig“, begann er die Aussprache. „Nein, Artig war einmal, zum Glück aber nun nicht mehr“, sagte diese. Ihr Name sei jetzt Zorn, Pauline Zorn. Sie sei die dritte Frau ihres ersten Mannes gewesen, dessen Nachnamen das Kind behalten hätte. Nach ihrer Trennung hätte Sie sich mit einem aus Kasachstan stammenden Russlanddeutschen wiederverheiratet und sei es leider immer noch. Die deutschen Gerichte seien ja so was von tranig. In Kasachstan oder sonst wo in Amerika sei man da sicher viel flexibler. Ihr zweiter Mann würde nämlich noch nicht in die Scheidung einwilligen. *Täte ich sofort*, dachte Hans-Wilhelm Rumpel, ihr biestiges Gesicht vor sich sehend. Außerdem hat sie von Geographie keine Ahnung!

Sie lebe aber jetzt mit einem neuen Lebensgefährten zusammen, fuhr Frau Zorn fort. Der hätte ein uneheliches und ein zugelaufenes Kind mit in die Beziehung gebracht und sie ihre Cheyenne, deren Bruder Leon-Joel sowie die beiden Buben aus der zweiten Ehe. Ach ja, einen Hund und drei Katzen habe sie auch noch. Vielleicht könne sich der Herr Rumpel da vorstellen, was sie da alles zu tun hätte und dass sie deshalb keine Zeit mehr gehabt hätte, vor dem Elternsprechtag noch zum Friseur zu gehen.

Rumpel strich sich unwillkürlich über sein mittlerweile etwas schütteres und in mehr als dreißig Dienst- und Ehejahren ergrautes Haupthaar. Ihm schwirrte der Kopf! Er versuchte, all seine ihm zur Verfügung stehende Vorstellungskraft zu aktivieren. Dies gelang ihm nur teilweise und so bat er die Dame ein zweites Mal, ihre ganz persönlichen Anliegen offen vorzutragen. „Sie mögen meine Tochter nicht", schallte es ihm mit frappierender Offenheit entgegen.

Rumpel starrte Frau Zorn ungläubig an. Das müsse sie ein klein wenig präzisieren, bat er sie. „Ich muss was, bitte schön?", entgegnete die Mutter gereizt. „Ihre eben geäußerte Meinung erläutern", erläuterte die in ihrer Pädagogenehre getroffene Lehrkraft. „Ganz einfach, sie nehmen meine Tochter im Lateinunterricht nie dran, wenn sie sich zu Wort meldet."

Rumpel Gesicht legte sich in Falten. Er überlegte verbissen, wann sich Cheyenne schon einmal in Latein freiwillig gemeldet hatte. Er konnte sich jedoch beim besten Willen nur daran erinnern, dass Cheyenne immerzu mit ihren Banknachbarinnen schwätzte und ständig kicherte, was ihn zugegebenermaßen schon des Öfteren genervt hatte. Wenn er sie selbst einmal drannahm, hatte sie in der Regel keine Ahnung, was soeben im Unterricht durchgenommen worden war. Vor kurzem hatte sie zur allgemeinen Erheiterung der Klasse auf seine Frage hin, wo denn Rom liege, frech grinsend „im Kongo" geantwortet. Und dann konnte selbst der ansonsten eher gemütliche Rumpel entgegen seiner eigentlichen Natur kongolesisch laut werden.

Schließlich sagte er: „Sehr verehrte Frau Zorn, ich hätte doch völlig meinen Beruf verfehlt, wenn ich Kinder im Allgemeinen und insbesondere ihre nette Tochter nicht mögen würde. Sehen Sie, bei fünf oder sechs verschiedenen Klassen in zwei Fächern und in drei verschiedenen Schulstufen, also insgesamt etwa 140 Schülern, muss man Kinder einfach lieben. Sonst überlebt man das nicht.“ Aber, so versicherte er, werde er in Zukunft ganz besonders auf Cheyennes rege Beteiligung Acht geben. Jedes begabte Kind solle doch zeigen können, was wirklich in ihm steckt.

Dies schien Frau Zorn ein wenig zu beruhigen. Rumpel hingegen dachte innerlich zerknittert, was für ein elender Pharisäer und Heuchler er doch war. Denn er wusste nur zu gut, dass auch er Sympathie und Antipathie zu fühlen imstande war. Nur, und darauf war er immer ein klein wenig stolz gewesen, hatte er stets versucht, seine Leistungsbewertung und seine persönliche Einstellung zu Schülern auseinander zu halten, wie er das in seinem lang zurückliegenden Lehrerstudium gelernt hatte.

Das liebste, kleine Mädchen bekam von ihm, wenn notwendig, eine Fünf und der ungehobelte Klotz eine Zwei, wenn diese Note ehrlich erarbeitet worden war. Er gab sich auch immer Mühe, negative Gefühle nicht offen zu zeigen. Dies hieß allerdings nicht, dass er offensichtliches Fehlverhalten nicht sanktionierte. Leider wurden seine erzieherischen Bemühungen jedoch von manchen Schülern und gelegentlich auch Eltern missverstanden und als persönliche Abneigung fehlinterpretiert. „Berufsrisiko von Lehrern!“, hatte das der

Direktor bei einem feucht-fröhlichem Kollegenfest einmal genannt und hinzugefügt: „Gut dass wir keine Rennfahrer sind. Die sind ganz anderen Berufsrisiken ausgesetzt!“

Zum Abschluss wünschte er Frau Zorn alles Gute für sich und ihre große Familie, erklärte ihr den Weg zum Sekretariat, da der verloren gegangene Schülerausweis von Cheyenne dort von einem aufmerksamen Mitschüler abgeben worden war, und blickte danach nachdenklich aus dem Fenster hinaus. Er sah die Burg im Zentrum des Städtchens, die in der Wintersonne glänzenden Dächer der Häuser und die dahinterliegenden endlosen Wälder der wunderschönen Eifel. In solchen Momenten freute sich Rumpel normalerweise auf seine bald bevorstehende Pensionierung. In diesem Moment jedoch nahm er sich vor, der kleinen Cheyenne, deren familiären Hintergrund er nun etwas besser kennen gelernt hatte, vielleicht auch einmal, pädagogisch begründet, eine gute Note zu geben und somit ausnahmsweise von seinen liebgewonnenen Prinzipien ein wenig abzuweichen. Sie tat ihm plötzlich irgendwie leid.

Weitere mehr oder weniger ergiebige Aussprachen über weitere mehr oder weniger vielversprechende spätere Pensionszahler folgten (Anm.: Oberstudienrat Rumpel hatte allerdings zusätzlich zu seiner zu erwartenden Pension noch vorsorglich eine Zusatzaltersversicherung bei der Volkswohl Bund Lebensversicherung AG abgeschlossen, da er manchmal bezweifelte, ob seine jetzigen Schüler den Begriff *Generationenvertrag* überhaupt buchstabieren konnten) und die Mittagspause nahte. Rumpel verspürte schon eine leichte Konzentrationsschwäche. Eine Mutter hatte er vorhin bereits jovial mit Frau Metzger begrüßt und genauso jovial mit Frau Schlachter verabschiedet ...

Also freute er sich auf einen aufmunternden Becher Kaffee in der Hoffnung, dass eine der mehr mütterlich veranlagten Kolleginnen auch selbst gebackene Kekse dazugestellt hatte. Er vermied es, in der Mittagspause zu viel zu essen. Das belastete nur den Magen und ließ ihn dösig werden. Nur noch ein Gespräch und er würde im Lehrerzimmer einige Zeit abschalten oder gegebenenfalls Frust ablassen können.

Er vernahm ein eher vorsichtiges Klopfen an der Tür und rief viel freundlicher als er das morgens zu tun pflegte, wenn Schüler zu spät zum Unterricht erschienen und an die Tür klopften: „Herein! Bitte eintreten!" Herein kam ein älteres Ehepaar. Etwa die Großeltern?

Er lang und hager, sie klein und rundlich, beide jedoch verzagt und irgendwie bedrückt. Wohlwollend lehnte sich Rumpel auf seinem Stuhl zurück und begehrte zu wissen, wo der Schuh drücke. Es gehe um ihren Sohn Kevin Sch?!?! in der 9. Klasse, nuschelte der Vater. Sie wollten gerne wissen, ob Kevin im Unterricht mitkomme und ob er sich auch sonst schicke.

Also doch spätberufene Eltern erkannte Rumpel scharfsinnig. Den so hingenuschelten Nachnamen hatte er allerdings nicht verstanden Auf seinen Zeitplan schauend stellte er fest, dass er um 12.20 Uhr Kevin Sch. eingetragen hatte. Hier konnte es sich nur um Kevin Scherhage handeln. Er nahm sich vor, beim nächsten Elternsprechtag auch alle Nachnamen richtig auszuschreiben, schon alleine deshalb, um alle Eltern persönlich ansprechen zu können. Er konnte ja schlecht sagen: „Guten Tag, Frau Sch! Guten Tag, Herr Sch! Kommen sie bitte herein. Es freut mich Frau Sch, dass sie zum Elternsprechtag auch ihren Gatten mitgeschleift haben." Zu viele Zischlaute!

Rumpel, der in beiden neunten Klassen Französisch unterrichtete und dem kleinen, pausbäckigen Kevin in der 9b erst gestern Morgen ein *Sehr Gut* für eine besonders schön erledigte Hausaufgabe gegeben hatte, sagte „Prächtig, prächtig! Der Junge macht mir immer wieder Freude.“ Die spätberufenen Eltern sahen sich erstaunt an und die Mutter sagte „Ach was!“ Durch diese klare und eindeutige Reaktion angespornt fuhr Rumpel fort: „Auch seine häuslichen Anstrengungen sind beispielhaft und finden ihren Niederschlag in entsprechenden Noten. Gerade neulich hat er sich wieder eine Eins verdient.“ Dieses Mal war der Vater an der Reihe und sagte: „Ach nee!“

„Ja, ja, ein lieber kleiner Bursche“, Rumpels pädagogischer Impetus war erwacht, „vielleicht in seiner körperlichen Entwicklung einigen Jungen in der Klasse noch etwas hinterher, aber geistig und intellektuell vielen anderen deutlich voraus.“ Obwohl immer noch reichlich verwirrt dreinblickend, wollte die Mutter wissen, ob er sich auch in den Französischstunden von sich aus melden würde. „Ich bitte Sie“, erwiderte Rumpel, „ihr Sohn ist einer der eifrigsten Schüler. Ich freue mich immer wieder, wenn ich feststelle, dass meine Art, Wissen zu vermitteln, von den Kindern in dieser Form angenommen wird.“

Jetzt glänzten nicht nur die Augen des entflammten Pädagogen, sondern auch die der vor ihm sitzenden Eltern. Rumpel konnte nicht eindeutig feststellen ob vor Begeisterung oder tiefempfundener Dankbarkeit. Zu guter Letzt erkundigte sich der Vater, ob sich sein Kevin auch mit seinen Mitschülern vertrage, denn einige Lehrer hätten ihnen da .... „Keinerlei Probleme“, versicherte Rumpel, der wusste, dass gerade ältere Eltern sich häufig völlig unnötig Sorgen um ihren Nachwuchs machten, „Ihr Sohn steht zwar nicht unbedingt im unmittelbaren Zentrum der Klassengemeinschaft, er ist aber außerordentlich hilfsbereit und sehr sozial eingestellt. Wenn z.B. die Wandtafel einmal nicht geputzt ist - er schielte ob des vorherigen Gespräches mit Frau Müller-Tiefenschlager schuldbewusst zur Tafel hin -, Kevin opfert sich und säubert sie!“

Zehn Minuten waren alsbald vorbei, alles Wesentliche gesagt. Der Gymnasiallehrer nickte aufmunternd und faltete die Hände vor seinem Bauch. Die Eltern verstanden, erhoben sich und gingen zur Tür, wo sie sich sehr herzlich von dem Französischlehrer ihres Sohnes verabschiedeten. Verglichen mit dem laschen Händedruck vor dem Elterngespräch hatte der Vater nun einen durchaus festen Händedruck und seine Frau schien Tränen der Rührung in ihren Augen zu haben. Es gibt doch wirklich auch noch nette Eltern, dachte

Rumpel. Er schloss bedächtig seinen Klassenraum ab und eilte seinem Becher Kaffee entgegen.

Im Lehrerzimmer angekommen, ließ sich Rumpel sofort ermattet in seinen ihm angestammten Armstuhl fallen und bat die Kollegin Aufderheide, ihm einen Kaffee zu bringen. Oberstudienrätin Aufderheide behauptete jedoch, sie sei emanzipiert und er solle sich sein Gebräu gefälligst selber holen „War nur ein Spaß", sagte Rumpel. Aufderheide und die auch noch anwesenden Kolleginnen Frau Dr. Herrisch und Frau Salzig glaubten ihm dies jedoch nicht. Daraufhin holte sich Rumpel seinen Kaffee selbst. Kekse waren leider nicht vorhanden, dafür aber eine halbleere Tüte Gummibärchen, die er verabscheute. Also holte er Siegberts zerdrückte Schokoriegel wieder aus seiner Jackentasche heraus, gratulierte dem lieben Jungen im Geiste zu seinem 15. Geburtstag und aß sie auf.

Vorsichtig den heißen, viel zu starken Kaffee schlürfend hörte er dann ein paar Minuten den Gesprächen unter den Kollegen zu und unterhielt sich anschließend mit Otto Pelzig, seines Zeichens Französisch- und Geschichtslehrer, über Ehekrisen und deren Auswirkungen auf die schulischen Leistungen der indirekt involvierten Kinder. Wortgewaltig erklärte der mit einem betagten, mittlerweile leider unter Inkontinenz leidenden, reinrassigen Mops (langer Stammbaum!) zusammenwohnende Junggeselle seinem Freund Rumpel, der drei Kinder groß gezogen und noch mehr Ehekrisen durchstanden hatte, zahlreiche hier relevante Zusammenhänge.

Plötzlich ereiferte sich am anderen Ende des Tisches der schnauzbärtige Herr Knolle. Er hatte immer Ärger mit Eltern. „Großer Gott! Allmächtiger!“, rief er, indem er seine Arme nach oben reckte und gen Himmel schaute. „Hier! Direkt vor Ihnen!“, antwortete Kollege Sause laut. Er war erst kürzlich in die Schulleitung befördert werden. „Klappe!“, schnauzte Knolle, der sich selber schon vier Mal vergeblich um eine Beförderungsstelle bemüht hatte, und fuhr fort: „Solche Eltern! Da muss man sich über gar nichts mehr wundern. Ich weiß gar nicht, was das heutzutage für lasche Erziehungsmethoden sind. Ich zu meiner Zeit hab da gewaltig was hinter die Löffel bekommen.“ „Die Spätfolgen sind unübersehbar“, flötete Frau Salzig und schaute dabei ihre Kollegin Frau Dr. Herrisch an.

„Ich weiß gar nicht, von was ihr sprecht“, mischte sich Rumpel ein. „Ich hatte heute Morgen sehr ergiebige, fruchtbare pädagogische Diskussionen, z.B. mit dem Vater von Kao Chi und den Eltern von Kevin Scherhage aus der 9. Die Mutter hätte fast geweint vor Rührung!“ Für Rumpel waren vor innerer Ergriffenheit weinende Eltern der direkte Beweis seiner außergewöhnlichen pädagogischen Befähigung.

Der Rumpel schräg gegenübersitzende Mathematiklehrer Dittelbrunn staunte. Also er hätte den Herrn Kao nach einer knappen Minute wieder auf den kalten Flur geschickt. Der Mann hätte ja kein Wort Deutsch verstanden und noch weniger Deutsch gesprochen. Wie das denn bei ihm funktioniert hätte. „Wir haben uns blendend in Pidgin Denglish unterhalten“, flunkerte Rumpel. Oswald Dittelbrunn, der, was Fremdsprachen anging, äußerst sparsam veranlagt war, wollte daraufhin den Terminus technicus „Pidgin Denglish“ näher erläutert haben. „Eine Mischung aus Englisch, Chinesisch und Deutsch. Ganz einfach!“, erklärte Rumpel. Dittelbrunn staunte noch mehr.

Aufgrund seiner fehlenden Sprachkenntnisse hatte Dittelbrunn noch nie im Ausland Urlaub gemacht. Er hätte ja dort in irgendwelche Schwierigkeiten geraten können und wäre dann völlig aufgeschmissen gewesen. Nicht dass er befürchtete, dort seine Frau zu verlieren, (er war unglücklich verheiratet!), nein, vielleicht hätte er irgendwo sein Auto abgestellt und es nicht wiederfinden können. Und jemanden nach dem Weg fragen hätte er aufgrund seiner mangelnden Sprachkompetenz nicht können. Deshalb verbrachte er schon seit Jahren seine Ferien in der Lüneburger Heide. Seine Frau konnte man ja schließlich auch in den dunklen Kiefernwäldern der Lüneburger Heide verlieren...

„Komisch", sagte nach einigen Momenten Frau Salzig, die nachdenklich an die Decke geschaut hatte, „mir haben die Eltern von Kevin Scherhage aus der 9b abgesagt, weil sie zur Beerdigung ihrer Großtante nach Nimshuscheid hinter Brumm fahren müssten. Sind Sie denn sicher, dass das die Eltern von Kevin Scherhage waren, mit denen Sie konferiert haben?" Rumpel war verunsichert. „Auf jeden Fall waren es die Eltern von Kevin aus der 9. Klasse", stammelte er.

„Was haben Sie denen denn erzählt?", wollte der neu hinzugekommene, stets diensteifrige und für Rumpels Meinung etwas zu ehrgeizige Studienrat Hackenkleber wissen. „Die Wahrheit natürlich!", entgegnete der Angesprochene. „Der kleine Kerl erbringt sehr gute Leistungen und ist dabei keineswegs ein Streber, Herr Hackenkleber. Er ist gut in die Klassengemeinschaft integriert und legt auch sonst ein höfliches Benehmen gegenüber Autoritätspersonen an den Tag."

„Also bei mir waren nur die Eltern von Kevin Schibolsky, diesem über 1,80 großen, unverschämten, eindeutig unterbelichteten Rüpel aus der 9c, der immer seine Mitschüler verprügelt. Vater länglich, Mutter eher kürzlich und pummelig", sagte Sause. Auch andere Kollegen wollten nur das Ehepaar Schibolsky gesehen haben, keiner jedoch die Eltern von Kevin Scherhage. „Wie sahen denn die Eltern von ihrem Kevin aus?", fragte Frau Dr. Herrisch und richtete dabei ihren unnachahmlichen Gouvernantenblick auf den verwirrten Kollegen.

Rumpel lief erst rötlich, dann rot an, während die Kollegen um ihn herum anfingen zu grinsen und zwei Sportlehrer am Tisch daneben sogar laut lachten. Ja, so ähnlich, musste er zugeben, hätten seine Eltern auch ausgesehen. Erst jetzt fiel ihm Bolle, wie Kevin Schibolsky von seinen unter ihm leidenden Mitschülern genannt wurde, wieder ein.

Er musste den dreisten, ihm stets auf die Nerven gehenden Bolle, der an höherer Bildung etwa so interessiert war wie King Kong an Existentialphilosophie und noch weniger als Ottos altersschwacher Mops an der in der Nachbarschaft lebenden jungen Pudeldame, in die hintersten Regionen seines Unterbewusstseins verdrängt haben. Innerlich bedauerte er zutiefst, die besagten Eltern, die nun abermals vor seinem - dieses Mal innerem - Auge standen, nicht umgehend ohne jegliche Aussprache wieder nach Hause geschickt zu haben.

Einige Momente betrachtete er intensiv seinen leeren Kaffeebecher und murmelte dann, mehr zu dem Kaffeebecher gewandt als zu seinen Kollegen, etwas von einem Missverständnis, einer sehr unglücklichen Verwechslung. So etwas sei ihm in den vergangenen dreißig Jahren noch nicht passiert. Zu dumm aber auch! - Er sah wirklich zum Bedauern aus.

Dies fand auch Kollegin Aufderheide. Sie war vor langer Zeit, als Rumpel noch ein junger, schlanker, unverehelichter Gymnasiallehrer war, ein ganz klein wenig - na sagen wir mal - verliebt in ihn gewesen.

Hans-Wilhelm Rumpel, der ansonsten in früheren Jahren der holden Weiblichkeit durchaus zugetan gewesen war, hatte jedoch nichts davon mitbekommen, denn bedauerlicherweise hatte er für derartige menschliche Empfindungen seitens des anderen Geschlechts, zumal -wie in diesem Fall - nur sehr jungfräulich-zurückhaltend signalisiert, nie eine besonders leistungsfähige Antenne besessen. Demzufolge war ihm so einiges im Leben entgangen. Nach einiger Zeit hatte er seine jetzige Frau kennengelernt und geheiratet (oder war es umgekehrt?) und Edeltraut Aufderheide hatte sich emanzipiert. Dennoch empfand sie immer noch eine gewisse innere Zuneigung für ihren manchmal etwas vertrottelten, aber ansonsten durchaus liebenswerten Kollegen.

Sie neigte sich also zu ihm herunter, legte ihre zarte Hand auf seine gebeugte Schulter und gab ihm zu verstehen, dass er im Grunde genommen eine sehr lobenswerte, gute Tat vollbracht habe. Er habe nämlich zwei armen Menschen, welche in den vorherigen Gesprächen mit anderen Fachlehrern nur Schlechtes über ihren Sohn gehört hätten und die sicher selber genug unter ihrem missratenen Sohn zu leiden hätten, wieder etwas Hoffnung zurückgegeben und sie wieder aufgerichtet.

Rumpel blickte seine Kollegin zuerst skeptisch, dann jedoch dankbar an. Doch bevor die anderen im Lehrerzimmer anwesenden Kollegen zu Zeugen weiterer trauter Tröstungsversuche werden konnten, klingelte es zur zweiten Runde der Lehrer-Eltern-Gespräche. Auch Rumpel eilte wieder zu seinem Klassenraum.

Schon von weitem sah er auf dem langen Schulflur vor seinem Klassenraum einen Mann und eine Frau. Sie standen etwa 10 Meter voneinander entfernt und schauten in entgegengesetzte Richtungen. Er sah irgendwie verdrießlich aus und auch sie machte auf Rumpel keinen überglücklichen Eindruck. Er wüsste jetzt leider nicht, wer an der Reihe sei, aber man würde sich schon einig werden, sagte der in schulischer (und auch häuslicher) Diplomatie geübte Rumpel. Nein, nein, sie wollten oder besser müssten zusammen in den Raum gehen, entgegnete der Mann. Das sei unüblich, beschied der Lehrer, zwei Kinder erforderten auch zwei Beratungsgespräche. Wieso zwei Kinder, wunderte sich die Frau, sie hätte keine zwei Kinder an dieser Schule. Rumpel schaute desorientiert. Es gehe nur um eine Person, um ihr Eckardchen in der Jahrgangsstufe 13, erklärte die Frau. Sie sei die Mutter und der Mann dort drüben der Vater. „Ah, soso, ich dachte …“, bei Rumpel fiel der Groschen. Wenn dem so sei, bitte er doch beide höflichst einzutreten.

Eckard Wichtel saß in Rumpels 13er Kurs und hatte sich entgegen seines dringenden Rates für eine mündliche Abiturprüfung in Latein entschieden. Wahrscheinlich wollte das heute einander nicht sehr zugetane Ehepaar die Chancen und Risiken bezüglich Eckardchens Reifeprüfung ausloten. Oberstufenschüler wurden in solchen Dingen normalerweise nicht mehr von ihren Eltern unterstützt, das verbot die Ehre eines Oberstufenschülers, aber dieser junge Mann war immer schon etwas Besonders gewesen.

Rumpel konnte sich noch gut an den damals zehnjährigen Eckard erinnern, der trotz wackliger Realschulempfehlung von seinen Eltern auf das Gymnasium geschickt worden war und dort einiges zu erleiden hatte. Das arme Kind bekam nämlich in den beiden Anfangsklassen kaum mal ein *Ausreichend* in seinen schriftlichen Arbeiten, war jedoch dank intensiver häuslicher Hilfe im Mündlichen besser, so dass es mit Hängen und Würgen die Mittelstufe erreichte. Dort hatte Eckard dann zweimal eine Ehrenrunde ohne Lorbeeren gedreht und danach die Oberstufe dank seines enormen Fleißes und ihm gewogener Banknachbarn äußerlich unbeschadet überstanden.

Ob es etwa um das bevorstehende Abitur ginge, tastete sich Rumpel vorsichtig vor. „Ja, unter anderem“, sagte der wie ein braver Handwerksmeister aussehende Vater. „Eigentlich hatte ich für den Eckard immer etwas anderes im Sinn gehabt, aber seine Frau wollte unbedingt … “

Jawohl, unterbrach ihn diese. Sie hätte immer an ihren Sohn geglaubt. Die Kindergärtnerin hätte sie vor vielen Jahren schon auf die außerordentliche Begabung ihres Sohnes aufmerksam gemacht und Eckart hätte ja dann schließlich auch allen bewiesen, wie gescheit er sei. Und jetzt wolle er Pfarrer werden, also einen Beruf ergreifen, den sie schon seit längerem für ihn in Erwägung gezogen hätte.

Der Vater stöhnte leise und erntete dafür einen bösen Blick seiner Frau. Rumpel dachte, dass jemand, der in jungen Jahren so viel zu ertragen gehabt hatte, der Theologie wohl mehr zuneigen musste als etwa dem Beruf des Börsenmaklers. Aber er konnte sich beim besten Willen nicht vorstellen, dass Eckard das anspruchsvolle Studium der Theologie schaffen würde. Außerdem bestand durchaus die nicht nur theoretische Möglichkeit, dass der junge Mann das Abitur versemmelte.

An Herrn Wichtel gewandt, fragte er, was für andere Möglichkeiten er sich für seinen Sohn denn noch vorstellen könne. Sein Sohn könne z.B. bei ihm eine Steinmetzlehre absolvieren und dann später eventuell einmal seinen Betrieb übernehmen, antwortete dieser prompt. Rumpel fand, dass dies eine wirklich überlegenswerte Alternative zum angestrebten Pfarrerberuf sei. Wenn Eckard diesen Weg wählen würde, müsste er z.B. nachträglich kein Griechisch lernen, könnte früher Geld verdienen und der Bezug zur Religion sei auch gewahrt. Erst letztes Jahr hätte er einen Grabstein für seine verstorbene Tante, die Schwester seines ebenfalls schon dahingeschiedenen Vaters, auswählen müssen und er sei dabei sehr eingehend sowohl von dem Gemeindepfarrer als auch von dem Steinmetz Schinkentanz bezüglich der religiösen und künstlerischen Gestaltung des Steines beraten worden. Frau Wichtel machte ein wenig überzeugtes Gesicht.

Manchen Müttern oder Vätern, im schlimmsten Falle beiden zusammen - so wusste Rumpel aus langer Erfahrung - war mit herkömmlichen Strategien kaum beizukommen. Aber der Versuch war es wert. Er setzte sein treuherzigstes Gesicht auf und sagte: „Ein katholischer Pfarrer hat zwar viele Kinder, Kinder Gottes sozusagen, aber eigene Kinder, die man mit der eigenen Frau ... - na sie wissen schon -, das ist dann doch etwas anderes."

Aber Eckardchen habe, so seufzte die Mutter, noch nie ein Mädchen mit nach Hause gebracht. Wie denn auch, entgegnete Rumpel kopfschüttelnd, bei all der vielen Arbeit, die sich Eckard in der Schule machen würde. Da hätte er für derlei Dinge doch überhaupt keine Zeit gehabt. Er hätte jedoch beobachten können, dass einige hübsche Mädchen in Eckards Jahrgangsstufe schon längst ein Auge auf den attraktiven jungen Mann geworfen hätten. Überrascht sah Frau Wichtel ihren nicht minder überraschten Mann an. Sie rückte mit ihrem Stuhl etwas näher an ihn heran.

Rumpel war natürlich klar, dass er Eckards Mutter in einem so kurzen Gespräch nicht gänzlich von ihren Wunschvorstellungen abbringen konnte. Er bat sie jedoch, noch einmal ihre Absichten bezüglich ihres Sohnes gründlich zu überdenken und zusammen mit ihrem Mann und ihrem nun fast erwachsenen Sohn zu besprechen. Intakte und harmonische Beziehungen innerhalb der Familie seien nun einmal da A und das O hinsichtlich richtiger Weichenstellungen für die Zukunft der Kinder. Er hätte in den vergangenen Jahren nie einen Zweifel an der Unterstützung Eckards durch seine treusorgenden Eltern gehabt. Rumpel konnte nun beobachten, wie die Hand der treusorgenden Mutter unter dem Tisch nach der des treusorgenden Gatten suchte.

Dann verwies er noch auf die in diesem Fall unbedingt empfehlenswerte Berufsberatung. Auch solle ihr Sohn in jedem Fall Begabungstests machen. Der Kunst- und Werklehrer hätte ihm gegenüber schon mehrfach die besonderen praktischen Fähigkeiten ihres Sohnes gelobt, fügte er nicht unbedingt wahrheitsgetreu, aber in humaner Absicht hinzu.

Zu guter Letzt wünschte er ihrem Sohn alles erdenklich Gute für seine bevorstehende Abiturprüfung, insbesondere für seine mündliche Prüfung in Latein. Ihm hätte doch *Caesars Bellum Gallicum* so großen Spaß gemacht, gab der manchmal zu gutmütige Rumpel entgegen aller Verschwiegenheitspflicht bedeutungsvoll zu verstehen. Er war aber nicht sicher, ob die Eltern den Wink mit dem Zaunpfahl bemerkt hatten.

Rumpel sah dem Ehepaar Wichtel nachdenklich hinterher, als es händchenhaltend den Raum verließ. Er hoffte, dass das Leben gnädig mit dem schon genug gebeutelten Eckard umgehen würde.

Es folgten bis zum Abend noch viele mehr oder weniger ergötzliche Aussprachen mit freundlichen oder weniger freundlichen, einsichtigen oder verbohrten, kooperativen oder eigennützigen Vätern und Müttern oder sonstigen Erziehungsberechtigten. Rumpel meisterte sie alle.

Als er dann am späteren Abend nach Hause kam, war er rechtschaffend müde. Er hatte mit Otto Pelzig und Siegfried Knolle zwecks mentaler und emotionaler Entschlackung im Goldenen Fässchen noch ein, zwei, vielleicht auch drei Schoppen *Piesporter Goldtröpfchen*, halbtrocken zu sich genommen. In der Küche verzehrte er zügig die von seiner Frau dort platzierten, selbst hergestellten und daher unvergleichlichen Frikadellen mit Bratkartoffeln und Bohnensalat, trank anschließend zur Verdauung ein Gläschen Underberg und ging dann in das Wohnzimmer, wo seine Frau vor dem Fernseher saß und sich eine Folge ihrer Lieblings-Soap Opera ansah.

Auf dem Sofa sitzend schaute er den Film aus kleinen Augen noch etwa fünf Minuten mit ihr zusammen an, legte sich dann aber auf das Sofa und fing nach kurzer Zeit bei geöffnetem Mund an, lautes Schnarchen von sich zu geben, wobei diese Töne durch periodisches Blubbern und Pfeifen unterbrochen wurden.

Seine Frau, die nur noch die Hälfte des im Film Gesagten verstand, hatte einen Moment lang das Bedürfnis, ihrem Gatten das neben ihr liegende, schwere Brokatkissen auf Mund und Nase zu drücken. Sie besann sich dann jedoch und zog ihm stattdessen die Schuhe aus und deckte ihn mit der Sofadecke liebevoll zu. Am nächsten Tag wollte sie ihn dann bezüglich seiner sie immer wieder teils erheiternden, teils in Erstaunen versetzenden Erlebnisse am Elternsprechtag befragen.

Klassenfahrt

Frau Oberstudienrätin Alexandra Salzig trug noch schnell ihre Deutsch- und Sportnoten für zwei Klassen in die Zeugnislisten ein, welche im Lehrerzimmer des Sankt-Laurentius-Gymnasiums in Daun auslagen. Zu diesem Zweck war sie schon eine Stunde vor Unterrichtsbeginn in die Schule gekommen. Da sie eine Woche auf Klassenfahrt sein würde und die Zeugniskonferenzen direkt nach der Klassenfahrt stattfinden sollten, war diese sich alljährlich wiederholende Routinearbeit noch vorher zu erledigen.

Sie wusste aufgrund verschiedener Gespräche mit Kollegen und den bereits vorliegenden Noten anderer Fächer, dass ein Schüler in ihrer eigenen 9. Klasse die Versetzung nicht schaffen würde. Es handelte sich hierbei um Kevin Schibolsky, der ihr noch neulich anvertraut hatte, dass er später einmal Manager werden wolle, um möglichst viel Geld zu verdienen. Sie hatte ihm daraufhin geraten, sich doch erst einmal in der Schule etwas mehr anzustrengen, denn der Schulabschluss eines Gymnasiums sei für ein Volkswirtschafts- oder Betriebswirtschaftsstudium nun einmal von großem Vorteil. Im Übrigen hätte er letztes Jahr die Versetzung in die nächste Klasse nur aufgrund der eigentlich nur schwer nachvollziehbaren, großen Gutmütigkeit seines Mathematiklehrers Dittelbrunn, der ihm noch eine Vier minus im Zeugnis gegeben hätte, knapp geschafft. Kevin hatte daraufhin nur verächtlich den Mund verzogen und gesagt, der Schwager seines Onkels sei auch Manager und was der Trottel geschafft hätte, würde er allemal auch zustande bringen.

Nachdem die letzte Note eingetragen war, ging Alexandra Salzig in die Eingangshalle der Schule, wo sich bereits die ersten Schüler ihrer Klasse und der Parallelklasse mit ihren Koffern und Taschen eingefunden hatten. Mit ihr begleiteten noch drei weitere Lehrkräfte die 55 Jugendlichen. Der Klassenlehrer der anderen Klasse, Herr Knolle, sowie Herr Hackenkleber und die Referendarin Frau Hoppenwerth.

Letztere war auch bereits erschienen und saß etwas müde dreinblickend auf einer vor der Fensterreihe aufgestellten Bank. Frau Salzig wusste, dass die junge Kollegin mit einem strammen Hauptmann der Bundeswehr liiert war, der leider nicht allzu viel Verständnis für die Anforderungen des Lehrerberufes aufbrachte. Neulich hatte Friederike Hoppenwerth bis in die frühen Morgenstunden einen Unterrichtsbesuch des Fachleiters Geschichte vorbereiten müssen, weil ihr Verlobter sie am Abend zuvor unbedingt mit ins Offizierskasino mitnehmen wollte, um sie dort seinem Kommandeur vorzustellen. Frau Salzig konnte sich ihrerseits nicht vorstellen, dass das lange gut gehen würde. Frau Hoppenwerth war zwar gutherzig, aber auch außergewöhnlich hübsch und andere Mütter hatten bekanntlich auch nette, bindungswillige Söhne.

An der Schule hatte sie sich binnen kürzester Zeit den Spitznamen Flakon verdient, da sie ein sehr angenehmes Parfüm benutzte. Wenn sie sich zu Schülern herunterbeugte, um ihnen bei schwierigen Aufgaben behilflich zu sein, bekamen diese meist einen schwärmerischen Gesichtsausdruck und begannen je nach Veranlagung zu schnuppern oder tief zu inhalieren. Wenn sie bei solchen Gelegenheiten unbedarft auch noch ihr geblümtes Sommerkleid mit dem freizügigen Dekolletee trug, bekamen ältere Schüler Sitzbeschwerden.

Jetzt fuhr auch Kollege Knolle zusammen mit Studienrat Vincent Hackenkleber, den er offensichtlich von zu Hause abgeholt hatte, in seinem altersschwachen BMW auf den Parkplatz vor der Schule. Gymnasiallehrer Knolle löste im Vergleich zu Referendarin Hoppenwerth bei seinen Hilfestellungen für begriffsstutzige Schüler nicht die gleiche Begeisterung aus. Er war ein Anhänger deftiger Hausmannskost und konsumierte schon zum Frühstück mit Zwiebelringen und Ei belegte Brötchen sowie Heringssalat. Beugte er sich zu Schülern herunter, begannen diese für mehrere Minuten die Luft anzuhalten. Ob dies die zum Lösen schwieriger Aufgaben notwendigen Lernprozesse der Schüler beschleunigte, sei dahingestellt, müsste aber in einer genaueren wissenschaftlichen Analyse mit anschließender Synthese der sicher komplexen Teilergebnisse untersucht werden.

Kaum war Knolle (Spitzname: Zwibbel) aus seinem Wagen ausgestiegen, da begann er schon zu schimpfen. Er fand immer einen Anlass zum Schimpfen. Man kannte ihn gar nicht anders.

Gestern Abend, so sagte er, hätte ihn doch tatsächlich die Mutter von Adelheid Macke angerufen und gefragt, ob er die Fahrt von Daun nach Berlin und das Hotel auch selber bezahle oder ob die Kinder für ihn mitbezahlen müssten. „Und was haben sie der Dame geantwortet?", fragte Salzig. „Erst wollte ich den Telefonhörer aus dem Fenster werfen", antwortete Siegfried Knolle, „aber dann habe ich der Frau deutlich zu verstehen gegeben, dass, wenn ich in Urlaub fahren wolle, ich dies mit meiner Frau und unserem Dackel täte, aber nicht mit 55 pubertierenden Hooligans." Er habe noch keinen Reiseleiter oder Bundeskanzler gesehen, der seine Dienstreisen aus der eigenen Tasche bezahle. Im Übrigen böten alle Reiseveranstalter für Klassenfahrten Freiplätze für die Begleitpersonen an; ansonsten würden landesweit sicher kaum noch Klassenfahrten stattfinden. Für seine Verpflegung würde er natürlich selber aufkommen, diese Kosten hätte er ja auch zu Hause. In dieser Angelegenheit musste Salzig ihrem Kollegen Knolle ausnahmsweise zustimmen. Es gab wirklich Eltern, die nicht von der Wand bis zur Tapete dachten.

Gutmensch Vincent Hackenkleber, der in jeder Diskussion fundamentale Beiträge zu leisten imstande war und dabei gerne idealistische und daher oft unrealistische Meinungen vertrat, gab zu bedenken, dass hier eigentlich Vater Staat zur Kasse zu bitten sei und nicht die notleidenden Reiseveranstalter, denn letztlich würden diese die Kosten für die Lehrer ja wieder auf die Kinder umlegen.

Das ginge auch nicht, meldete sich Referendarin Hoppenwerth zu Wort, der Staat könne nicht für alles aufkommen, denn dessen Finanzkraft sei infolge der

Anschaffung von Kampfflugzeugen, Marschflugkörpern, Panzern, Gehältern für Hauptleute sowie der Hilfen für notleidende EU-Staaten ohnehin schon reichlich überstrapaziert.

Salzig, die ihre erst seit einem knappen Jahr an der Schule unterrichtende junge Kollegin noch nicht so richtig einschätzen konnte, schaute diese überrascht an, war aber dann beruhigt, als sie deren, auf Hackenkleber gerichteten, leicht spöttischen Blick sah. „Es ist, wie es ist“, sagte sie daraufhin philosophisch, „und da kommt auch schon unser Bus um die Ecke.“

Inzwischen waren nahezu alle Kinder eingetroffen. Da sie in der Regel Koffer oder schwere Reisetaschen dabei hatten, waren sie fast alle von wenigstens einem Elternteil gebracht worden. Einige der Eltern hatten ihre Zöglinge nur kurz abgesetzt und waren dann wieder gefahren, andere Eltern warteten noch bis der Bus abfuhr. Man nickte sich freundlich zu oder übte sich im Smalltalk. Wesentliche Fragen und mögliche Probleme waren bereits zuvor in den Klassen und auf Klassenelternabenden geklärt worden.

Eine Mutter trat jedoch an Frau Salzig heran und bat sie, mit ihr einige Schritte zur Seite zu treten. Sie sei, wie Frau Salzig ja vermutlich wisse, die Mutter von Waldemar Harzer und sie hätte noch ein ernstes, nicht für alle Ohren bestimmtes Anliegen. Salzig, der die kleinmütige, immer etwas sorgenvolle Frau Harzer von mehreren Elternsprechtagen und Elternabenden bereits bestens bekannt war, sah die Mutter aufmunternd an und bat sie, ihr Anliegen zu offenbaren.

Ihr vierzehnjähriger, bald fünfzehnjähriger Waldemar sei ja jetzt in einer auch für ihn nicht ganz einfachen Lebensphase und da hätte er ... Sie wüsste auch nicht, wie das gekommen sei. Früher als kleiner Bub hätte er das nie gehabt. Es sei ihr außerordentlich peinlich, aber...

Die nicht ganz lebensunerfahrene Oberstudienrätin Salzig befürchtete schon das Schlimmste und erbat weitere Aufklärung. Ja, stotterte die besorgte Mutter, ihr Sohn hätte in letzter Zeit so ..., so entsetzliche Schweißfüße und da die Jungen der Klasse ja zu viert in einem Zimmer untergebracht seien, würde Waldemar sicher gehänselt werden.

Alexandra Salzig fiel ein Stein vom Herzen. „Na, wenn es weiter nichts ist“, beruhigte sie Frau Harzer. Das sei sogar schon bei Mädchen vorgekommen. Aber wenn diesbezüglich irgendwelche Probleme mit den nicht immer sehr sozial eingestellten Mitschülern auftreten sollten, könne Waldemar ja im Zimmer des jungen Kollegen Hackenkleber nächtigen. Der hätte sicherlich großes Verständnis. Ob sie dem denn auch noch schnell Bescheid sagen solle, wollte Frau Harzer wissen. Nicht nötig, entgegnete die Lehrerin, das würde sie gleich nach Ankunft im Jugendhotel mit Herrn Hackenkleber klären.

Mittlerweile waren die meisten Kinder nach dem Verstauen ihres Gepäcks bereits in den Bus eingestiegen. Nur Chantal-Kimberly Müller stand noch draußen und ein Schüler, Alfred Mente (Spitzname: Alimente), fehlte noch. „Was ist los mit dir? Willst du nicht mitfahren, Chantal-Kimberly?“, rief Knolle dem Mädchen zu. Doch, schon, aber sie bekäme den schweren Koffer nicht gehoben. Die Reisetasche und das Schminkköfferchen wären schon im Bus. „Dann bring bitte demnächst deinen persönlichen Kofferträger mit auf Klassenfahrt“, schnauzte der Pädagoge das zierliche Ding an, während er ihr Gepäckstück in den Gepäckraum des Busses wuchtete. „Wo kommen wir denn hin, wenn jeder hier beladen wie ein Kamel ankommt!? In Köln müssen wir in den Zug umsteigen und wer trägt dann deinen Überseekoffer?“

In dem Moment kam ein klappriger VW Golf mit quietschenden Reifen um die Ecke gefahren. „Das kann dann Alimente machen“, rief Chantal-Kimberly und zeigte auf den aus dem Auto steigenden Alfred Mente. Alfred, der mit seinen beiden Geschwistern und seiner alleinerziehenden Mutter in einer Dreizimmerwohnung am Kreuzberg wohnte, hatte nur einen kleinen Rucksack dabei. Ohne sich für seine Verspätung zu entschuldigen, sprang Alfred mit einem Satz in den Bus.

Auf die Frage von Friederike Hoppenwerth, warum er denn zehn Minuten zu spät käme, antwortete er, seine Mutter hätte mal wieder verschlafen. Seine Mutter schien in der Tat einen sehr gesunden Schlaf zu haben, denn der Junge kam fast jeden zweiten Tag zu spät zur Schule. „Dann lass dir vom Nikolaus gefälligst mal einen eigenen Wecker schenken“, riet ihm Frau Hoppenwerth. „Der Nikolaus bin ich selber, damit bessere ich mein erbärmliches Taschengeld auf“, sagte daraufhin Alfred. Er könne aber gerne auch mal zu der Studienreferendarin Hoppenwerth kommen. Ohne Knecht Ruprecht, versteht sich! Sie müsste ihm dafür nur ihre Adresse mitteilen. Der stämmige Junge war aufgrund seiner späten Einschulung und einer Ehrenrunde in der Quarta fast zwei Jahre älter als die meisten seiner Mitschüler.

Im Bus ging Alimente durch bis zur letzten Bank, wo ihn sein Freund Kevin Schibolsky, genannt Bolle, freudig willkommen hieß. Dort machte er einem anderen Schüler, dem 35 Zentimeter kürzeren Gerold Steiner, klar, dass kleine Jungen gefälligst vorne in der Nähe des Lehrkörpers Platz zu nehmen hätten und setzte sich dann, nachdem Gerold kleinlaut das Feld geräumt hatte, neben Kevin. Als Willkommenstrunk reichte ihm dieser einen Flachmann Wodka Gorbatschow. Alkohol war zwar auf Klassenfahrten der Mittelstufe strengstens verboten, aber ein angehender Manager konnte solch unsinnige Regeln sicher etwas liberaler handhaben.

Die Fahrt nach Köln verlief weitgehend störungsfrei, auch wenn Busfahrer Kiffges die letzte Reihe im Bus zweimal auffordern musste, leiser zu singen. Außerdem sei das Lied „In Junkers Kneipe bei Bier und Pfeife" in seinem hochmodernen Luxus-Reisebus völlig fehl am Platze. Nach der zweiten Aufforderung ging Oberstudienrat Knolle nach hinten und holte den am lautesten singenden Bolle zu sich nach vorne. Bolle sollte für den Rest der Busfahrt direkt neben dem

Schulmeister sitzen, ein Privileg, das nicht jedem zuteil wurde.

Bolle, der befürchtete, dass Zwibbel seine Fahne riechen würde und er Zwibbels kaum verdauten Heringssalat mit Zwiebeln, ließ sich von der auf der anderen Seite des Ganges sitzenden, sehr beleibten Olga Maximow ein Fläschchen Kölnisch Wasser reichen und tupfte sich, unter dem Vorwand, ihm sei schlecht, mit einem Tempotaschentuch ständig Kölnisch Wasser ins Gesicht. Daraufhin wurde Knolle schlecht und Olga wurde gebeten, mit Bolle den Platz zu wechseln. Zwar saß Knolle neben Olga auf seinem ohnehin recht schmalen Luxus-Reisebussitz jetzt ziemlich eingezwängt, aber es ging ihm augenblicklich wieder besser.

In Köln angekommen, fand Kiffges nicht unmittelbar am Bahnhof selbst einen Halteplatz, sondern nur 200 Meter von diesem entfernt. Jetzt stellte sich heraus, dass nicht nur Chantal-Kimberly ihren halben Kleiderschrank inklusive Schminkköfferchen mit auf die Reise genommen hatte, sondern auch noch etliche andere Mädchen der beiden Klassen. Dies hatte zur Folge, dass die begleitenden Lehrer zusätzlich zu ihrem Gepäck auch noch das einiger Schüler tragen mussten.

Hackenkleber, der dies wohl vorausgesehen hatte, war besonders clever gewesen und hatte sich geschwind einen kleinen, rosa Schminkkoffer geschnappt. Da er in der anderen Hand seine eigene mittelgroße Reisetasche trug, hatte er somit keine Hand mehr frei. Friederike Hoppenwerth hingegen, die direkt vor ihm ging, schleppte in beiden Händen schwere Reisetaschen und hatte auf dem Rücken noch einen großen Rucksack.

Auch Siegfried Knolle konnte sich über mangelnde Zuwendung nicht beschweren. Er durfte zusätzlich zu seinem Koffer und seiner Piloten-Umhängetasche auch noch den Seesack der ihn freundlich darum bittenden Olga tragen. Wie sie denn zu so einem voluminösen Seesack käme, keuchte er. Ihr Bruder sei bei der russischen Marine gewesen und hätte den als Reservist behalten dürfen, antwortete diese. Knolle verfluchte im Stillen alle Russen.

Über lange Bahnhofskatakomben und mehrere Treppen gelangte man schließlich zum Bahnsteig 15A, wo ihr Zug abfahren sollte. Oben angekommen informierte sie eine freundliche Frauenstimme aus dem Lautsprecher, dass der besagte Zug heute ausnahmsweise von Gleis 3B abfahren würde. Knolle wusste in diesem Moment nicht, wen er mehr hassen sollte: Frauen, Lautsprecher oder Russen.

Schwitzend rappelte er sich von dem Seesack, über dem er fast zusammengebrochen war, wieder auf und wollte von seiner Kollegin Salzig übellaunig wissen, ob man sich nicht einfach ein Stündchen Ruhepause genehmigen und dann in aller Gemächlichkeit wieder zurück nach Daun fahren könne. Nein, antwortete diese, das ginge schon aus rein schulrechtlichen Gründen nicht. Außerdem sei der Kiffges Bus schon wieder auf dem Rückweg. Aber sie hätte eben gerade gesehen, dass der Seesack am unteren Ende noch eine Schlaufe habe. Man könnte also das Monstrum sehr viel bequemer zu zweit tragen.

„Kevin Schibolsky zu mir!", brüllte daraufhin der schnauzbärtige Knolle. Er war vor dreißig Jahren bei der Bundeswehr gewesen und hatte es dank mehrerer Wehrübungen danach zum Oberleutnant der Reserve gebracht. Kevin glaubte zunächst, sein schon beträchtlicher Alkoholkonsum sei aufgeflogen und er solle nun wieder nach Hause geschickt werden. Er war sichtlich erleichtert, als ihm Knolle lediglich mit Donnerstimme befahl, das untere Ende des Seesackes zu ergreifen.

Nach einigem Hin und Her saß man schließlich auf den für die Schüler reservierten Plätzen in dem entsprechenden Zugwagen. Die Lehrer zählten ihre Schüler durch. Trotz mehrmaligen Zählens kam man allerdings nur auf 54 statt auf 55 Schüler. Einer fehlte!

Das konnte eigentlich nur Werner Huschens sein. Wenn einer sich verirrte, auf dem Schülerklo einschlief, versehentlich mit der Tasche eines Mitschülers den Heimweg antrat oder erst in der dritten Unterrichtsstunde merkte, dass er in der falschen Klasse saß, dann war es in aller Regel Werner mit dem Husch. Dieser weltentrückte Schüler hatte den Ruf, selbst den gutmütigsten Pädagogen in die Untiefen abgründiger Verzweiflung stürzen zu können.

Nach kurzer Überprüfung stellte man fest, dass es tatsächlich mal wieder dieser bedauernswerte Junge war, der den Anschluss verpasst hatte. „Er ist bestimmt in den Zug nach Barcelona eingestiegen. Der stand auf der gegenüberliegenden Seite, auf Bahnsteig 15B“, rief Alimente von hinten. „Vielleicht ist er auch zwischen Bahnsteig und Gleise gestürzt“, schlug ein kleines Mädchen vor, welches von ihren Mitschülern liebevoll Pip (eigentlich Philippa) genannt wurde. „Er steht bestimmt auf der Domplatte am Kölner Dom und fragt sich, wo alle anderen sind“, mutmaßte der Sohn des evangelischen Pfarrers, Friedbert Sibelius.

In Anbetracht von so viel Einigkeit bei der Beurteilung der Lage und der Tatsache, dass der Zug in sieben ein halb Minuten abfahren sollte, schlug Frau Salzig dem gänzlich unsportlichen Kollegen Hackenkleber vor, noch einmal zum Bahnsteig 15 zurück zu spurten, um nachzuschauen, ob der Schüler vielleicht dort noch auf den Zug nach Berlin wartete, was dieser dann auch umgehend tat. Ein Kind auf einer Klassenfahrt zu verlieren, könnte - so viel war Hackenkleber bewusst - einer irgendwann anstehenden Beförderung unter Umständen abträglich sein.

Nach genau siebeneinhalb Minuten sahen die aus allen Fenstern guckenden Schüler dann, wie der nach Atem ringende Studienrat Hackenkleber und Werner Huschens gerade noch rechtzeitig mit einem Koffer und einer Tasche in den letzten Wagen des Zuges hechteten, bevor dieser abfuhr. „Das war knapp“, sagte Bolle. „Dafür bekommen beide von mir einen Orden.“ Wann und bei welcher Gelegenheit ließ er offen. Er hätte einer älteren Dame geholfen, ihre verloren gegangene Handtasche zu suchen, gab Werner später zu Protokoll.

Nach diesem doch etwas an den Nerven zehrendem Auftakt der Zugfahrt sehnte sich Frau Salzig nach Entspannung und Seelenfrieden. Sie holte das Sachbuch mit dem Titel: *Wie verwöhne ich meinen Partner?,* welches ihr Mann, ein mal wieder arbeitslos gewordener Diplom-Psychologe, ihr zum siebenunddreißigsten Geburtstag geschenkt hatte, heraus und begann zu lesen. Auch die Schüler verhielten sich erstaunlich ruhig und gesittet. Einige spielten Karten, andere unterhielten sich mit ihren zahlreichen Facebook-Freunden oder träumten einfach nur zum Fenster hinaus.

Es war eine gute Dreiviertelstunde vergangen, da gab es jedoch vier Sitzgruppen vor Frau Salzig einen Tumult. Eine Frau mittleren Alters mit langen blonden Haaren beschwerte sich lauthals, dass der neben ihr sitzende Rüpel seinen beiden Freunden nun schon den elften Ostfriesenwitz erzählen würde, von denen einer blöder als der andere wäre. Sie sei zufälligerweise aus Aurich und würde sich diese Unverschämtheit nicht länger anhören.

Der als Rüpel bezeichnete junge Mann war Kevin Schibolsky. Er erklärte gerade seinen Freunden, dass in Ostfriesland die Kühe bei Schönheitswettbewerben meist besser als die Mädchen abschneiden würden. Bolle zeigte sich höchst erstaunt über die seiner Meinung nach völlig übertriebene Aufregung. Wenn es die empfindliche Dame neben ihm jedoch beruhige, würde er jetzt Witze über Blondinen erzählen, die, wie er ausdrücklich betonte, nicht aus Ostfriesland stammten. Dies beruhigte die blonde Ostfriesin jedoch nur wenig. Sie stand erbost auf und wechselte in den übernächsten Zugwagen.

Danach trat wieder relative Ruhe ein, bis der ICE in Hannover angekommen war. Trotz der eindringlichen Ermahnung, bei Aufenthalten an den Stationen im Zug zu bleiben, verließ Alimente diesen jedoch in der niedersächsischen Landeshauptstadt, da er hungrig war. Seine Mutter hatte es am Morgen in der Hektik nach dem verspäteten Aufstehen nicht mehr geschafft, ihm Brote für die lange Fahrt zu schmieren.

Am Bahnsteigimbiss entschied er sich, nach eingehendem Studium des angeschlagenen Angebots, für eine extra lange Bockwurst mit Brötchen. Als Letzter in einer Reihe von vier hungrigen Reisenden bekam er die Wurst allerdings erst nach sechs Minuten Nun wartete er auf seine 20 Cent Wechselgeld und überhörte dabei die zweimalige Aufforderung zum Einsteigen.

Als sich der Zug langsam wieder in Bewegung setzte, winkten ihm fast alle Mädchen und einige Jungen der beiden Klassen aus dem Fenster freudig zu und er winkte mit seiner extra langen Bockwurst mehr panisch als freudig zurück. Aber es war zu spät! Der Zug fuhr ohne ihn weiter.

Glücklicherweise hatte er sein Handy mit auf den Bahnsteig genommen, so dass Knolle ihn telefonisch erreichen konnte und ihn anwies, mit dem nächsten Zug, der nach Berlin fuhr, nachzukommen. Sollte ein Kontrolleur Fahrkarten sehen wollen, solle er sich unter den Sitzen verstecken oder im Gepäcknetz einfach tot stellen. Er würde ihn dann später - vermutlich in den Nachtstunden - höchstpersönlich auf dem Bahnsteig in Berlin erwarten und dann könne er was erleben. Schnauzbart Knolle war dafür berüchtigt, Schülern besondere Erlebnisse zu verschaffen ...

Kurz vor Berlin wurden die Schüler von ihren Lehrern aufgefordert, ihre diversen Gepäckstücke zusammenzusuchen, die Abteile von nur halb verzehrten belegten Broten, leeren Cola-Dosen und diversen Plastiktüten zu säubern und sich mental auf den Ausstieg vorzubereiten. Zur Überraschung aller fehlten jedoch vier Mädchen. Der Lehrkörper geriet in einen Zustand mittlerer Nervosität. Herrn Hackenkleber wurde aufgetragen, vorne im Zug zu suchen, Frau Salzig ging in den hinteren Teil des ICEs, Herr Knolle erbot sich, die Stellung zu verteidigen und die Meute zusammenzuhalten und Frau Hoppenwerth wollte das männliche Zugpersonal vom Bemerken eventueller Kollateralschäden am Bahneigentum durch eine Charmeoffensive abhalten.

Salzig hatte bereits zahlreiche hintere Zugwagen in einem Zustand wachsender Erregung durchsucht, als sie schließlich in den Speisewagen gelangte. Zu ihrer großen Erleichterung sah sie dann dort die vier Mädchen, Chantal-Kimberly, Olga, Adelheid und die hübsche Jaqueline, tratschend an einem der Tische vor einem großen Stück Torte und einer Tasse Kaffee sitzen. Jaqueline informierte ihre Mitschülerinnen gerade darüber, wer ihrer Meinung nach der süßeste Junge der Parallelklasse sei. „Was macht ihr denn hier noch?“, rief Salzig. „Für einen Kaffeeklatsch ist es entschieden zu spät. Wir sind in fünf Minuten in Berlin. Oder wollt ihr etwa gleich bis Moskau durchfahren?“ Erschrocken sprangen die vier Plaudertaschen auf und man eilte in höchster Eile zurück in das eigene Abteil und vermied so gerade noch rechtzeitig eine unfreiwillige Weiterfahrt nach Moskau.

Mit der U-Bahn ging es anschließend mit einmaligem Umsteigen zur Unterkunft in Berlin-Kreuzberg. Hackenkleber, der nicht noch einmal seine erhoffte Beförderung gefährden wollte, ordnete an, dass Werner Huschens auf dem Bahnsteig unmittelbar neben ihm stehen sollte, weil dieser sonst sicherlich in eine in die entgegengesetzte Richtung fahrende U-Bahn einsteigen würde.

Im Jugend-Gästehaus angekommen galt es, die Zimmerbelegung zu klären. Die Jungen hatten dies längst unter sich ausgemacht, bei den Mädchen gestaltete sich diese Aktion weitaus schwieriger. Susi wollte mit Pip und Olga auf ein Zimmer, Pip mit Adelheid, aber keinesfalls mit Olga, Olga nicht mit Susi, aber mit Jaqueline und eventuell mit Tamara (aber nur wenn diese sie nicht wieder als schwangere Seekuh titulieren würde). Chantal-Kimberly überlegte noch und Jaqueline hätte am liebsten mit drei coolen Jungs die Bude geteilt und so weiter und so fort.

Schließlich sprachen die beiden Lehrerinnen ein Machtwort. Die Zimmerbelegung wurde kurzerhand verordnet und alle Mädchen verschwanden mehr oder weniger knatschig in ihren Zimmern, um dort ihren

Kampf, wer in den Etagenbetten oben und wer unten schlafen durfte, fortzusetzen.

Zweieinhalb Stunden später trafen schließlich auch Knolle und der von ihm intensiv betreute Alimente ein. Dieser machte den Eindruck, als hätte er bei seiner verspäteten Ankunft dank Knolle Großes erlebt. Er schlich ungewöhnlich kleinlaut auf sein Zimmer, das er mit Kevin, Waldemar und dem langen Donald, genannt Duck, teilte. Auf die Frage wie Knolle ihn denn auf dem Bahnsteig empfangen hätte, zuckte er nur kurz mit den Schultern und antwortete lakonisch, dass er Knolle jetzt noch mehr hassen würde, als er das ohnehin schon täte. Mit Pädagogik hätte der Empfang jedenfalls nichts zu tun gehabt.

Für den nächsten Morgen hatte man sich auf eine Frühstückzeit von 8.30 Uhr bis 9.00 Uhr geeinigt. Bis 9.15 Uhr waren alle im Frühstücksraum eingetrudelt, nur Werner nicht. Als um 9.30 Uhr die meisten Schüler ihr Frühstück bereits beendet hatten, schickte man Friedbert, der mit Werner Huschens, Gerold Steiner und dem kleinen Kevin Scherhage auf einem Zimmer lag, nach oben, um nachzusehen, ob dieser vielleicht noch einmal eingeschlafen sei. Friedbert kam zurück und berichtete, dass auf Werners Bett nur eine ausgeleierte Unterhose läge, welche sicher schon seit 4 Wochen nicht mehr gewechselt worden wäre. Man war ratlos.

In dem Moment ging die Tür zum Speisesaal auf und Werner trat herein. Er hätte sich in dem riesigen Gebäude verirrt, sagte er. Schließlich sei er in einem großen Besprechungsraum und danach im Billardzimmer gelandet. Da wäre aber nichts Essbares zu finden gewesen. Also hätte er weiter gesucht und sei dann schließlich hier gelandet. Leider waren die Tische mittlerweile abgeräumt und Werner musste daher den ersten Museumsbesuch auf nüchternen Magen absolvieren.

Die beiden Klassenlehrer, Salzig und Knolle, hatten im Vorfeld der Klassenfahrt die Schüler immer wieder darauf hingewiesen, dass es sich bei einer derartigen Unternehmung nicht etwa um eine Vergnügungsfahrt, sondern um eine Bildungsreise handele. Und zu einer Bildungsreise gehörten nun mal auch zwei oder drei Museumsbesuche. Alle Schüler außer dem Klassenprimus Kevin Scherhage hatten zwar gemurrt, aber letztlich die Unumgänglichkeit von Museumsbesuchen akzeptieren müssen, zumal auch ihre Eltern den Lehrkräften in diesem Punkte zustimmten.

Für diesen ersten vollen Tag in Berlin waren vormittags eine Stadtrundfahrt und nachmittags der Besuch des Pergamonmuseums auf der Berliner Museumsinsel vorgesehen. Die Mädchen und Jungen sollten bereits zu Hause kurze Referate zu den einzelnen Programmpunkten vorbereiten. Für das Pergamonmuseum waren Kevin Schibolsky und als Sekundant - falls Unklarheiten auftreten sollten - sein Namensvetter Kevin Scherhage eingeteilt worden. Bolle hatte seine Referatsvorbereitungen jedoch nur sehr oberflächlich durchgeführt, da Videospiele auf dem PC weitaus interessanter erschienen als eine Recherche zu irgendwelchen Museen. Folglich ermangelte es seinem Vortrag an der von seinen Lehrern erwünschten Klarheit und Tiefe. Selbst Grundkenntnisse schienen nur sehr lückenhaft vorhanden zu sein.

So versuchte er seinen Mitschülern beispielsweise zu verdeutlichen, dass Pergamon eine alte Stadt in China gewesen sei, die von den Wikingern dem Erdboden gleichgemacht worden wäre. Ob solcher für alle überraschenden Aussagen durfte dann sein Sekundant den Vortrag zu Ende führen. Dies tat der strebsame Kevin Scherhage so ausführlich und gut, dass er dafür am Abend von Bolle, der sich nun doch etwas zurückgesetzt fühlte, eine ordentliche Tracht Prügel erhielt.

Am Morgen des zweiten Tages kamen Alimente und Donald Duck zu Frau Salzig an den Frühstückstisch. Sie hätten ein Anliegen, sagten sie. Der mit ihnen auf dem Zimmer liegende Waldemar sei ja an und für sich ein lieber Kerl, aber der hätte Schweißfüße, das sei schlichtweg nicht zum Aushalten. Wenn hier nicht ganz schnell ein Ausweg gefunden würde, gäbe es noch Mord und Totschlag in der Bude und man müsse eventuell mit einem Schüler weniger die Rückreise antreten.

Salzig erinnerte sich an das der Mutter von Waldemar gegebene Versprechen und sicherte den sichtlich angeschlagenen Beschwerdeführern zu, dass sie sich möglichst rasch um eine Lösung bemühen werde. Nach dem Frühstück suchte sie das Gespräch mit ihrem jungen Kollegen Hackenkleber. Es gäbe da ein kleines Problemchen im Sozialgefüge einer Gruppe von Jungen auf Zimmer 112. Der arme Waldemar würde von den drei anderen, etwas gröber gestrickten Mitschülern wegen seiner großen Füße verulkt und gehänselt werden. Hackenkleber hätte doch in seinem Lehrerzimmer zwei Betten stehen. Wäre es da nicht überlegenswert, Waldemar einfach bei ihm nächtigen zu lassen, um dem sensiblen Jungen weitere Anfeindungen zu ersparen.

Der Sozialkundelehrer Hackenkleber, der - wenn es um seine eigenen Belange ging - nur bedingt sozial eingestellt war, machte ein bedenkliches Gesicht. Eine andere vorstellbare Lösung wäre natürlich auch, beeilte sich Salzig zu ergänzen, dass er, Hackenkleber, zu Knolle auf dessen Zimmer ziehen würde und Waldemar eventuell allein in seinem Lehrerzimmer schlafen könnte. Hackenkleber, der bei einer Lehrerfortbildung schon einmal das Vergnügen hatte, mit dem zu der Zeit stark erkälteten Knolle ein Zimmer teilen zu müssen und drei Nächte lang hilflos dessen infernalischem Schnarchen ausgesetzt gewesen war, mochte sich diese Möglichkeit überhaupt nicht mehr vorstellen und schloss diese daher kategorisch aus.

Nun gut, sagte er schließlich, wenn es denn dem sozialen Frieden der Klassengemeinschaft diene und Salzig vielleicht Direktor Hürsch gegenüber bei passender Gelegenheit einmal seine uneigennützige Hilfsbereitschaft erwähnen könnte, würde er unter Umständen die erste Möglichkeit akzeptieren. Gesagt, getan, - noch am selben Tag durfte Waldemar zu Studienrat Hackenkleber in dessen Zimmer umziehen.

An diesem Mittwoch standen der Ausflug nach Potsdam mit Stadtführung und Besichtigung von Schloss und Park Sanssouci auf dem Programm. Die Sonne meinte es gut mit den Eifler Landeiern, so dass anfangs eine ausgelassene Stimmung unter Schülern und Lehrern vorherrschte. Die gute Atmosphäre drohte allerdings infolge der Stadtführung zu kippen, da der engagierte Führer, ein pensionierter Archivar, voller Enthusiasmus jedes auch noch so unbedeutende historische und architektonische Detail erklärte, nicht eingedenk des Umstandes, dass 14-jährige Jugendliche für derartige Wissensinhalte im Allgemeinen nur einen ungleich kleineren Aufnahmespeicher besitzen als etwa emeritierte Geschichtsprofessoren.

Als Frau Salzig beobachtete, dass einige Jungen anfingen, sich über für sie interessantere Dinge zu unterhalten oder den vor ihnen stehenden Mädchen in den Rücken zu kneifen, bat sie den Archivar, die ganze Sache ein klein wenig komprimierter darzustellen, was dieser, verblüfft über so viel Interesselosigkeit und geistiges Phlegma, denn auch beleidigt dreinschauend tat.

Nach dem Besuch eines McDonald´s Restaurants in der Mittagspause war das seelische Gleichgewicht der Schüler wieder hergestellt und man fühlte sich stark genug, Sanssouci zu erobern. Dort angekommen meinte Bolle nach kurzer Betrachtung der Gebäude und Grünanlagen, dass er beabsichtige, ein ähnliches Domizil zu erwerben, wenn er erst einmal Topmanager sei. Die ein wenig realistischere Jaqueline erwiderte, dass er bei seiner Faulheit eher eine Karriere als Hartz-IV-Empfänger anpeilen solle. Im günstigsten Falle dürfe er vielleicht später als Aushilfsgärtner die Rasenflächen des Schlosses mähen.

Nach dem für alle recht ermüdenden Ausflug in die Hauptstadt Brandenburgs benötigten die Schüler nach der Rückkehr ins eigene Domizil eine gewisse Ruhephase, rafften sich dann jedoch schnell wieder auf und frequentierten die verschiedenen Spielräume des Jugendhotels oder vergnügten sich anderweitig auf ihren Zimmern. Beim Tischfußball bewies Pip erstaunliche Geschicklichkeit und besiegte die dadurch zunehmend frustrierten Jungen ein ums andere Mal sehr deutlich. Sie hatte natürlich den Vorteil, dass sie aufgrund ihrer Größe mit der Nase besonders nah am Spielgeschehen war und dieses somit effektiver gestalten konnte.

Am nächsten Morgen erschien ein zittriger, übernächtigt aussehender Studienrat Hackenkleber zum Frühstück und berichtete, er habe die Nacht über kaum ein Auge zubekommen. Der bei ihm eingezogene

Schüler Waldemar hätte ja dermaßen grauenvolle Stinkefüße, dass es einem fast den Atem nähme. In seiner Verzweiflung hätte er die ganze Nacht bei weit aufgerissenen Fenstern verbringen müssen. Hoffentlich habe er sich jetzt keinen kapitalen Schnupfen eingefangen, seine Nase sei schon verstopft.

Referendarin Hoppenwerth schien Mitleid mit dem armen Hackenkleber zu haben. Im Urlaub auf einem Kreuzfahrtschiff oder in der Südsee unter Palmen, sagte sie, würde sie einem so netten Kollegen wie ihm in einer solch fatalen Situation - ehe er völlig dienstunfähig sei - einfach vorschlagen, zu ihr ins Zimmer zu wechseln. Vincent Hackenkleber blickte sie erwartungsvoll an und sah plötzlich gar nicht mehr so leidend aus. Aber, so fuhr Hoppenwerth fort, auf einer offiziellen Klassenfahrt ginge dies aus Gründen des Anstands und der Sitte natürlich auf gar keinen Fall. Hackenkleber fiel förmlich in sich zusammen. Dann müsse er wohl sterben, näselte er.

Salzig, die das Gespräch amüsiert verfolgt hatte und die wusste, dass der Single Hackenkleber schon lange, zäh und bislang vergeblich nach einer zu seinem nicht unproblematischem Charakter passenden Ergänzung Ausschau hielt, konnte sich ein Lachen kaum verkneifen. Verschwörerisch tippte sie unter dem Tisch dreimal an den ihr am nächsten befindlichen Fuß in der Meinung, es sei ein Fuß der ihr gegenübersitzenden Hoppenwerth. Die Referendarin zeigte jedoch keinerlei Reaktion. Stattdessen schaute sie der ihr schräg gegenübersitzende, schnurrbärtige Knolle, der - wie es seine Gewohnheit war - recht raumgreifend über und unter dem Tisch Platz genommen hatte, verdutzt an. Er hatte für derartige weibliche Ironien schon immer wenig Verständnis besessen! Salzig tat so, als hätte sie soeben einen lupenreinen Diamanten auf ihrem Teller entdeckt.

An diesem Donnerstag sollte direkt nach dem Frühstück, als einer der Höhepunkte der Klassenfahrt, eine Begegnung mit dem Bundestagsabgeordneten des heimatlichen Wahlkreises in der Vulkaneifel, Herrn Dr.jur. Hieronymus Schnürhose, stattfinden. Vorher war eine Führung durch das Neue Regierungsviertel, durchgeführt von der persönlichen Referentin des Abgeordneten, Frau v. Schnabel, vorgesehen. Im für die politische Grundbildung der Schüler zuständigen Sozialkundeunterricht waren Fragen an den Volksvertreter erarbeitet worden. Man wollte sich ja schließlich nicht blamieren.

Die persönliche Referentin, ausgesucht und eingestellt unter entscheidender Mitwirkung der Gattin von Herrn Dr.jur. Schnürhose, war eine kleine, pummelige Dame fortgeschrittenen Alters mit spitzer Nase, welche jedoch über eine erstaunliche Sprachgewalt verfügte, so dass selbst der an derartigen „staatsbürgerlichen Begegnungen" uninteressierteste Jugendliche gebannt an ihren Lippen hing. Sozialkundelehrer Hackenkleber, in dessen Unterricht es häufig drunter und drüber ging und an dessen Lippen meist nur die Brotkrümel seines Pausenbrotes hingen, wurde blass vor Neid.

Anschließend erwartete die beiden Klassen der Volksvertreter in einem eigens für derartige Treffen mit dem Volke vorgesehenen Besprechungszimmer. Dr.jur. Schnürhose war das, was man gemeinhin als Sitzriesen zu bezeichnen pflegt. Saß er, so meinte man einen Zweimeterriesen vor sich zu haben; stand er, so maß er knappe 1.67 m. Folglich saß er bereits, als die Schüler den Raum betraten. Nach einer kurzen Einführung bezüglich seiner Person und seiner Aufgaben als Volksvertreter schaute er sein Volk aufmunternd an und forderte es auf, Fragen - egal welcher Art - an ihn zu richten. So hätte er das besser nicht sagen sollen, denn die Schüler fühlten sich nun nicht mehr unbedingt an ihre im Sozialkundeunterricht bei Herrn Hackenkleber vorbereiteten Fragen gebunden.

Woher er denn so einen lustigen Namen habe, wollte Pip denn auch als erstes wissen. Dr.jur. Schnürhose überlegte angestrengt. Ja, den könne er eigentlich nur von seinen Eltern geerbt haben, sagte er schließlich. „Es sei denn sie sind unehelich und danach adoptiert worden“, rief von hinten Alimente, der sich in solchen Dingen auskannte.

Ob man es denn als Mann seiner Statur (Dr. Schnürhose saß immer noch!) so weit weg von zu Hause lange ohne die eigene Frau überhaupt aushalten könne, wollte Bolle anschließend in Erfahrung bringen. Der wackere Mann schaute aus dem Fenster und erklärte, das hätten andere vor ihm auch schon ausgehalten und führte als Beispiel den langjährigen bayrischen Bundestagsabgeordneten Hans Teichhofer an. Dieser Mann sei später sogar Ministerpräsident und dann Bundesinnenminister geworden.

Nur ein einziges Mal drohte die Fragestunde ins Politische abzugleiten, als nämlich Olga sich mit starkem russischen Akzent danach erkundigte, wie schnell man als Politiker in Deutschland - ähnlich wie in anderen

Ländern - durch Bestechung und krumme Touren reich werden könne. Die Antwort des Abgeordneten war zwar sehr ausführlich, aber so verklausuliert, dass keiner sie so recht verstand. Andere hochbrisante Fragen betrafen das Kantinenessen im Bundestag, die coolsten Diskotheken im Stadtzentrum oder günstige Reisen in ferne Länder auf Kosten der Allgemeinheit.

Nachdem alle Unklarheiten beseitigt waren, schüttelte Dr. jur. Schnürhose allen Schülern kräftig die Hand. Da er hierzu aufstehen musste, wollte Jaqueline, die sich besonders für Mode interessierte, eigentlich noch fragen, wo man im Internethandel so kurze Hosen mit so großen Jacketts kaufen könne. Aber da Hackenkleber, der zufällig neben ihr stand, einen krebsroten Kopf hatte und es ihm auch sonst nicht gut zu gehen schien, vergaß sie ihre Frage und geleitete ihren Lehrer fürsorglich nach draußen, weil sie meinte, dieser stehe - aus welchen Gründen auch immer - kurz vor einem Schlaganfall oder Herzinfarkt.

Zwecks Auflockerung einer derartig anstrengenden Studienreise war für den Nachmittag unter sachkundiger Begleitung eine Fahrradtour durch die City Berlins auf dafür vorgesehenen Wegen, d.h. durch Grünanlagen, auf Fahrradwegen, entlang der ehemaligen Berliner Mauer und durch verkehrsberuhigte Zonen etc., vorgesehen. Salzig und Knolle hatten im Vorfeld Bedenken hinsichtlich der allgemeinen Sicherheit eines solchen Programmpunktes gehabt. Die freundliche Dame im Verkehrsbüro hatte sie jedoch beruhigt und auf die verkehrsplanerischen Anstrengungen der Stadtverwaltung hingewiesen, welche bei Einhaltung der entsprechenden Vorgaben jedes Risiko ausschlössen. Nicht umsonst gehörten Fun Bike-Touren mittlerweile zum Standardprogramm des Berliner Tourismusangebotes.

Die gut zweistündige Erkundungsfahrt durch die Stadt erwies sich tatsächlich als willkommene Abwechslung. Für Siegfried Knolle allerdings, der seit etwa zwanzig Jahren auf keinem Fahrrad mehr gesessen hatte und dessen Handbremse im entscheidenden Moment kläglich versagte, wäre die Fahrt beinahe in der Spree beendet gewesen, hätte er sich nicht vorher einfach zur Seite fallen lassen. Alimente hätte ihm gerne noch einen kleinen Schubs mitgegeben, aber leider fuhr er fünf Meter hinter seinem Lieblingslehrer. So blieb es bei einer zerrissenen Hose und einem geprellten Arm Knolles.

Pips Sattel war viel zu hoch eingestellt. Während der ganzen Fahrt rutschte sie daher auf ihrem Sattel von einer Seite zur anderen. Das hatte zur Folge, dass sie an den verbliebenen Tagen merkwürdig breitbeinig das Programm absolvierte und der zu Boshaftigkeiten gegenüber Mitschülern neigende Gerold Steiner ihr einmal hinterher rief, ob sie sich Pipi ins Höschen gemacht habe. Als er dies rief, trafen seine Augen jedoch die von Knolle und er verstummte augenblicklich.

Pip stand unter dem persönlichen Schutz dieses Lehrers, denn ihr Vater, Besitzer des BMW-Autohauses in Daun-Pützborn, hatte in der Vergangenheit wesentlich dazu beigetragen, dass Siegfried Knolles alter BMW nicht längst in der Schrottpresse gelandet war. Bei dem abendlichen Diskobesuch der Schüler profilierte sich Pip dann aber als Trendsetter, indem sie einen ganz neuen, gespreizten Tanzstil kreierte, der bei anderen Diskobesuchern große Bewunderung auslöste.

Die Heimfahrt mit der U-Bahn nach Kreuzberg um etwa 22.30 Uhr gestaltete sich zu einem besonderen Erlebnis, welches auch die an ländliche, geordnete Verhältnisse gewohnten Lehrer so nicht vorausgesehen hatten. Mindestens einem Drittel der Fahrgäste fehlte schlichtweg eine Latte am Zaun oder die betreffende Person benahm sich zumindest wunderlich. Ein weiteres Drittel stand unter Drogeneinfluss oder war stark alkoholisiert. Das letzte Drittel, zu dem die teils verschreckten, teils erstaunten Schüler gehörten, verhielt sich halbwegs regelkonform. Die Dauner Reisegruppe zeigte sich auf jeden Fall erleichtert, als man wieder im Jugendhotel angelangt war.

Am Freitag war morgens ein Besuch des Völkerkundemuseums vorgesehen. Auch hier war wieder ein Referat seitens der Schülerschaft vorzubereiten gewesen. In diesem Falle sollte Jaqueline Metzger ihren Mitschülern einen Überblick über Sinn und Zweck eines Völkerkundemuseums geben und mit Hilfe von Olga einzelne Abteilungen des Museums vorstellen. Jaqueline hatte jedoch erkannt, dass das Thema dringend einer selektiven Begrenzung bedurfte. Also wählte sie die Kulturen der Südsee als Schwerpunkt aus. Nach einiger Überlegung erschien ihr jedoch auch diese Eingrenzung auf die doch recht unterschiedlichen Kulturen der vielen Inseln als noch zu breitgefächert und sie engte das Thema noch einmal auf die Tahiti-Inseln ein, und hier insbesondere auf einen Bereich, den sie und Olga als besonders bedeutsam und wichtig ansahen: Das Liebesleben der Tahiti-Insulaner.

Das Liebesleben im Allgemeinen und im Besonderen hatte Jaqueline schon seit längerer Zeit beschäftigt, entstammte sie doch einer angesehenen und durchaus lebenslustigen Bäckerfamilie mit sieben Kindern. Ihre Mutter, die viel Humor besaß und gerne lachte, hatte erst neulich Frau Salzig erzählt, dass der kurz vor seiner Pensionierung stehende Oberstudienrat Rumpel sie beim letzten Elternsprechtag mit Frau Metzger begrüßt und mit Frau Schlachter wieder verabschiedet hatte. Bezüglich ihres Mannes hatte sie jedoch nicht immer Grund zum Lachen, galt der doch stadtein, stadtaus als ausgemachter Hallodri und Frauenheld.

Wie sich herausstellte, stießen die gründlich vorbereiteten und detailliert vorgetragenen Erklärungen von Jaqueline auf großes Interesse beider Klassen. Der fünfzehnjährige Bolle meinte, selbst in seinem fortgeschrittenen Alter würde er hier noch so manches lernen und strich sich dabei bedächtig über sein bartloses Kinn. Der Pfarrerssohn Friedbert Sibelius flüsterte Kevin Scherhage zu, er könne sich später durchaus vorstellen, Missionar auf Tahiti zu werden, wonach ihn dieser erst erschrocken, dann prüfend ansah.

Sogar Frau Hoppenwerth, die dezent im Hintergrund stand, machte große Augen und hoffte im Stillen, eventuell nach der Klassenfahrt ihrem preußisch-strammen, aber leider völlig fantasielosen Hauptmann noch die eine oder andere Südseeraffinesse beibringen zu können. Die kleine Pip allerdings stellte so viele dämliche und unnötige Fragen, dass Olga, Adelheid und Tamara spontan beschlossen, der unbedarften Mitschülerin noch am selben Abend eine kostenlose Nachhilfestunde in Sachen Liebesleben zukommen zu lassen.

Nach diesem doch sehr instruktiven Vortrag Jaquelines hatten die Schüler anderthalb Stunden lang Gelegenheit, sich selbständig im Museum umzusehen, um ihre nun erworbenen Kenntnisse zu vertiefen. Werner, der sehr bald seine Gruppe verlor, hatte bei dieser Erkundungstour die wohl eindrucksvollsten Erlebnisse. Erst gelangte er in die lichtlose Asservatenkammer, bei der er annahm, es handele sich hier um die Darstellung einer Stammeskultur aus dem dunkelsten Herzen Afrikas.

Als er nach langem Suchen unter Harndrang endlich wieder den Ausgang der Asservatenkammer gefunden hatte, verlief er sich in die Damentoilette, wo er nach erledigtem Geschäft die in einer Ecke sitzende Toilettenfrau aus dem Südsudan entdeckte und sie bezüglich ihrer Kultur und ihren Gründen für die Emigration aus der Heimat befragte. Die Toilettenfrau war hocherfreut über diese ungewohnte menschliche Zuwendung, beherrschte jedoch nur einige wenige deutsche Vokabeln aus ihrem unmittelbaren Tätigkeitsbereich. Insofern waren ihre Auskünfte dann doch etwas einseitig, aber immerhin bekam Werner Huschens im Kämmerchen der Toilettenfrau eine Tasse sehr starken Kaffee angeboten.

Durch die exorbitante Dosis Koffein beschwingt traf er schließlich auf den stellvertretenden Museumsleiter, den er ebenfalls in einen längeren wissenschaftlichen Disput verwickelte. Dieser meinte einen besonders wissensdurstigen, für einen längeren Artikel in seiner Schülerzeitung recherchierenden Schülerzeitungsredakteur vor sich zu haben. Glücklich seiner oft recht trockenen Routinearbeit für einige Zeit entfliehen zu können, machte er Werner mit allen in nächster Zeit anstehenden Projekten seines Museums vertraut.

Danach lief Werner rein zufällig zu der für das Verlassen des Museums vereinbarten Zeit am Ausgang vorbei und wurde von seinen Lehrern gestoppt. Wie er es denn geschafft habe, alleine und dann auch noch pünktlich am Treffpunkt zu erscheinen, wollte Hackenkleber wissen. Werner antwortete, er wisse zwar, dass an ihm das Vorurteil klebe, er hätte eine leichte Hacke, aber er sei halt lernfähig.

Am Nachmittag durften die Jugendlichen zum Abschluss in Gruppen von mindestens drei Schülern einen Stadtbummel ohne Begleitung der Lehrer unternehmen. Hierzu hatten sie eine schriftliche Einverständniserklärung ihrer Eltern abgeben müssen, was sie natürlich alle als völlig entbehrlich angesehen hatten. Nur Werner Huschens musste direkt bei Knolle und dem von Tag zu Tag schlapper und verschnupfter wirkenden Hackenkleber bleiben, weil man befürchtete, er würde sich mit oder ohne schriftlicher Einverständniserklärung seiner Eltern in der Kanalisation Berlins verirren und nie wieder auftauchen.

So kam er in den Genuss eines weiteren Museumsbesuches. Zusammen mit den beiden Lehrpersonen besuchte er die Alte Nationalgalerie, wo er einen ausführlichen Vortrag Knolles über die „Alten Meister“ des 19. Jahrhunderts erhielt. Da er sich für Malerei, insbesondere für alte Meister, noch nie die Bohne interessiert hatte, diente dieser Vortrag zwar seiner generellen Wissenserweiterung, er langweilte ihn jedoch fast zu Tode.

Nach dem Stadtbummel wollte man sich um 18.30 Uhr an der Kaiser-Wilhelm-Gedächtniskirche treffen, um dann gemeinsam zurück zum Jugend-Gästehaus in Berlin-Kreuzberg zu fahren. Um 18.45 Uhr fehlten jedoch immer noch drei Schüler, Bolle, Alimente und Donald Duck sowie drei Schülerinnen, Adelheid, Pip und Olga.

Um 19.00 Uhr trudelte schließlich Olga ein und auch Pip kam, immer noch breitbeinig, aber freudestrahlend nach einer Weile um die Ecke. In beiden Händen trug sie eine große Einkaufstüte. Auf die Frage, wo Adelheid sei, antwortete sie. „Kommt auch gleich. Wollte sich nur noch von dem einen Typen, Özgür glaub ich, die Adresse geben lassen."

Und vier Minuten später erschien dann tatsächlich auch Adelheid ohne Eile und offensichtlich mit sich und der Welt zufrieden an der Gedächtniskirche. Auch sie hatte in beiden Händen große Einkaufstüten. Warum sie und Pip so spät kämen, wollte Salzig wissen. Sie hätten sich beim Kauf von Schuhen nicht so schnell entscheiden können, bekam diese zur Antwort. Und danach hätten Özgür und Abdul sie angemacht und ziemlich lange bequatscht. Pip bestätigte dies.

An Adelheid Macke gewandt sagte Knolle: „Ich bin sehr erstaunt darüber, dass deine Eltern dir so viel Geld mit auf die Klassenfahrt geben, dass du dich hier neu einkleiden kannst.“ Adelheid, deren Eltern das größte Hotel in der Stadt besaßen, antwortete, dass der Herr Knolle da erst mal ihren begehbaren Kleiderschrank zu Hause sehen sollte. Sie wüsste gar nicht mehr, wohin mit ihren Klamotten.

„Und überhaupt“, mischte sich Frau Hoppenwerth ein, „warum seid ihr zu zweit beziehungsweise wie du, Olga, ganz alleine unterwegs und nicht wie vereinbart in einer Gruppe von mindestens drei Schülerinnen?“ Adelheid schaute verlegen die schräg vor ihr stehende Olga an und Olga sagte, Adelheid hätte sie bei der Anprobe eines Sommerkleidchens bei KiK einen Rollmops auf zwei Beinen genannt und da wäre sie lieber alleine weiter gegangen.

Entnervt schüttelte die Referendarin den Kopf. Sie nahm sich vor, die arme Olga bei nächster Gelegenheit einmal beiseite zu nehmen, um ihr zu sagen, dass der Charakter eines Menschen viel wichtiger wäre als Äußerlichkeiten. Auch an Adelheid würde sie in einem persönlichen Gespräch ein paar deutliche Worte richten.

Als die immer noch fehlenden Jungen auch um 19.30 Uhr noch nicht eingetroffen waren, begann man sich ernsthafte Sorgen zu machen. Plötzlich meldete sich Julian. Er wäre, so sagte der sanfte, stille Junge, mit den drei anderen Schülern unterwegs gewesen und in einer Seitenstraße vom Ku´damm hätte sie ein freundlicher Mann vor einem Bar angesprochen und sie in diese eingeladen. Er hätte gleich gesehen, um was für eine Lokalität es sich gehandelt hätte, aber da er an Striptease und ähnlichen Dingen wenig Gefallen fände, wäre er weitergegangen, während die drei anderen dem Mann in die Bar gefolgt seien. Warum er das denn nicht gleich gesagt habe, wollte Salzig wissen. Es sei ihm peinlich gewesen und er wäre ja auch nicht direkt gefragt worden, antwortete er wahrheitsgemäß.

Nach kurzer Beratschlagung kehrten die zwei Lehrerinnen mit dem Gros der Schüler in die Unterkunft zurück, während sich Knolle und Hackenkleber zusammen mit Julian auf die Suche nach den drei Delinquenten begaben. Nachdem man mehrere Nebenstraßen abgesucht hatte, fand man schließlich das betreffende Etablissement. Etwas zögernd betrat Knolle die abgedunkelten Räumlichkeiten, gefolgt von Hackenkleber und Julian. Auf einer kleinen, hell erleuchteten Bühne sahen sie eine nur mit einem String Tanga bekleidete, füllige Dame im Ringkampf mit einer schmalen, silbern glänzenden Metallstange. Ein ungleicher Kampf, befand Knolle mit klarem Blick, während Hackenklebers etwas wirrer Blick auf der großen Oberweite der Ringkämpferin kleben blieb.

Als sich Knolles Augen an das Halbdunkel in dem kurz vor acht Uhr erst spärlich gefüllten, verdunkelten Raum gewöhnt hatten, sah er auch Bolle, Alimente und Donald Duck stieläugig an einem Tisch im hinteren Bereich der Bar sitzen. Sie schienen als Ringrichter zu fungieren, deren Aufgabe es war, die einzelnen Kampfszenen zu bewerten. Jeder von ihnen hatte, was eigentlich bei Punktrichtern unüblich ist, ein großes Cocktailglas vor sich stehen.

Einen übereifrigen Kellner, der ihnen einen Platz zuweisen wollte, abwehrend, strebte Knolle schnurstracks auf den Tisch seiner Schüler zu. Diese waren so sehr damit beschäftigt, ihre Punkte gerecht zu vergeben, dass sie Knolle erst im letzten Moment bemerkten. Alle drei sprangen erschreckt auf, wobei zwei ihrer Cocktailgläser zu Boden fielen und zu Bruch gingen. Der Inhalt verteilte sich gleichmäßig nach allen Seiten auf dem Teppich mit den orientalischen Haremsdarstellungen.

Ob sie ihm erklären könnten, was sie hier täten, wollte der schnauzbärtige Knolle in gehobener Tonlage von ihnen wissen. Zu Hause in Daun könnten sie sich auf einiges gefasst machen. Das würde empfindliche Schulstrafen nach sich ziehen. Wenn er ihr Vater wäre, dann würde er ... Weiter kam er nicht, denn neben ihm tauchte ein plattnasiger Hüne auf, der behauptete, diese jungen Herren seien seine persönlichen Gäste und es sei ihm sehr daran gelegen, dass in seinem Etablissement höfliche Umgangsformen gewahrt blieben. Wer sich nicht daran hielte, würde erst zur Brust genommen werden und dann schneller als schnell hinausfliegen.

Obwohl selber keineswegs von schmächtiger Statur und allgemein am Sankt-Laurentius-Gymnasium als Mann fürs Grobe geschätzt, musste Knolle einsehen, dass er gegen diesen stiernackigen Goliath keine Chance hatte und dass er deshalb kurz vor einem Freiflug inklusive Prügel, exklusive vorheriger Verköstigung stand. Er besann sich daher seiner guten Kinderstube und versuchte, der Plattnase höflich die Situation zu erläutern.

Nachdem er dem einen Kopf größeren Mann, der etwas schwer von Begriff zu sein schien, dreimal dasselbe erklärt hatte, schaute dieser zur Decke und begann Zahlen vor sich hinzumurmeln. Knolle nahm zunächst an, dass es sich hier um eine seltene Form eines epileptischen Anfalls handeln musste. Doch dann sagte der zahlenbesessene Barbesitzer plötzlich sehr laut und deutlich: „400 €!" „Wo?", fragte der verwunderte Lehrer, nun ebenfalls an die Decke blickend. „Sie schulden mir 400€", blaffte der Hüne ihn daraufhin an. „Für die drei *Kir Royal* Cocktails, die drei *Kamikaze* Short Drinks davor und die drei *Sex on the Beach* Long Drinks, die ihre Jungs ganz am Anfang getrunken haben, einschließlich der einzigartigen Bühnenshow, der zerbrochenen Gläser und der Teppichreinigung."

Knolle war erschüttert, zumal seine Jungs ihm glaubhaft versicherten, sie hätten zusammen höchstens noch 50 € in ihren Taschen. Es blieb ihm nichts anderes übrig als sein Scheckheft aus seiner Jacke hervorzuholen und den gewünschten Scheck auszufüllen, wollte er nicht ebenfalls eine so platte Nase wie sein Gesprächspartner riskieren. Nachdem er zerknirscht dem Barbesitzer den Scheck überreicht hatte, bedankte sich dieser artig und bat sie, bei ihrem nächsten Berlinaufenthalt wieder bei ihm vorbeizuschauen.

Hackenkleber hatte sich gleich zu Beginn - in der Furcht, die Situation könnte eventuell eskalieren - zur Seite geschlichen. Er verabscheute körperliche Gewalt, vor allem, wenn die Gefahr bestand, er selber könne in irgendeiner Form involviert werden. Nun allerdings unterhielt er sich angeregt mit der jetzt in einen Bademantel gehüllten Ringkämpferin, die während des unerwarteten Zwischenfalls aufgehört hatte, ihre silberne Stange zu malträtieren.

Julian hingegen war in einen munteren Plausch mit dem, im Gegensatz zu seinem Chef, eher harmlos, ja geradezu feminin-feinfühlig wirkenden Kellner vertieft. Sowohl Hackenkleber als auch Julian fühlten sich etwas in ihrer Willensfreiheit eingeengt, als Knolle sie im Vorbeigehen ziemlich ruppig aufforderte, ihm und den drei reumütigen Missetätern zu folgen.

Am letzten Abend gingen die Schüler, aufgrund der kleinen Verzögerungen während der vergangenen Stunden etwas später als ursprünglich vorgesehen, zusammen mit ihren Lehrern, aber ohne Bolle, Alimente und Donald Duck, in ein von Salzigs Reiseführer als urige Berliner Lokalität angepriesenes Restaurant. Hier gab es so typische Berliner Gerichte wie italienische Pasta alla Mamma, altbayrischer Rinderbraten mit Semmelknödeln sowie griechisches Gyros auf Teigfladen und Krautsalat. Alle waren mit den gereichten Speisen höchst zufrieden.

Ob es die allgemeine Traurigkeit über die baldige Rückfahrt war oder die Folge des erst lange nach 23.00 Uhr endenden Abschlussessens, bei dem sich die Schüler ausnahmsweise ein Glas Berliner Weiße bestellen durften, keiner konnte im Nachhinein den Grund nennen, aber in dieser letzten Nacht schliefen die Schüler wie die Murmeltiere und so kamen auch die begleitenden Lehrer das erste Mal auf der Klassenfahrt zu einem ausreichenden Nachtschlaf. In allen anderen Nächten zuvor waren sie meist bis weit nach Mitternacht damit beschäftigt gewesen, den Besuchs- und Pendelverkehr zwischen den einzelnen Schlafräumen der Schüler, vorzugsweise zwischen denen der Mädchen und der Jungen, zu unterbinden.

Einmal hatte Hoppenwerth sogar Jaqueline aus dem Bett von Alimente geholt, wo beide, wie sie sagten, nur gekuschelt hätten. „Sie glauben doch wohl nicht im Ernst“, hatte Alimente zu Friederike Hoppenwerth gesagt, „dass ich scharf darauf bin, mir mein Leben mit der Zahlung von Alimenten zu versauen?“ Trotzdem wurde ihm und Jaqueline das Kuscheln in den Folgenächten strengstens verboten, egal ob wieder zusammen oder mit anderen Interessenten.

Die Rückfahrt selbst verlief, wie schon die Hinfahrt, von einigen kleineren Zwischenfällen abgesehen, harmonisch und kurzweilig. Zwar hatte nun aufgrund der Einkaufswut vieler Mädchen die Zahl der zu befördernden Taschen bzw. deren Gewicht nochmals zugenommen, doch dies wurde zum Teil dadurch kompensiert, dass Bolle, Alimente und Donald Duck, in der Hoffnung, ihre zu erwartende harte Bestrafung würde dadurch abgemildert, beinahe Unmenschliches bei der Beförderung des Gepäcks leisteten.

Diese außerordentliche Kraftanstrengung konnte allerdings die Nicht-Versetzung Bolles, der von dieser einjährigen Verzögerung seiner Karriere zum Wirtschaftskapitän noch nichts ahnte, nicht mehr beeinflussen. Die Mädchen veranstalteten während der Bahnfahrt mit ihren gekauften Kleidungsstücken und Accessoires eine auch für andere Reisende unterhaltsame Modenschau, wobei sich besonders Adelheid und Chantal-Kimberly als unschlagbar trendy erwiesen. Die Jungen spielten wieder Karten oder erzählten sich Witze im Berliner Dialekt.

Am Kölner Hauptbahnhof holte die Reisegruppe wieder Herr Kiffges mit seinem großen, hochmodernen Luxus-Reisebus ab. Dieser hatte leider in der einen Woche beim Zurücksetzen, aufgrund eines nicht weichen wollenden blöden Mäuerchens, eine kaum zu übersehende Beule an der hinteren Stoßstange davongetragen. Darüber war Kiffges sehr unglücklich, bekam jedoch reichlich Trost gespendet.

In Daun erwarteten die Jugendlichen am Busbahnhof bereits ihre mehr oder gelegentlich auch weniger freudestrahlenden Eltern. Ihnen hatte man einiges zu erzählen, unter anderem, dass die Lehrer zwar hin und wieder echt nervig und überflüssig gewesen seien, sie sich aber am Ende dennoch als Menschen herausgestellt hätten. Das sei früher auch schon so gewesen, sagten daraufhin die Eltern.

Lehrerausflug

Adam Unruh betrat die Küche. Am Frühstückstisch saß seine Frau Inge und strahlte ihn an. Die Kinder, welche die Schule besuchten, in der er Sport und Biologie unterrichtete, schliefen noch in ihren Zimmern, denn heute war schulfrei, da das gesamte Kollegium auf Fortbildung war.

Inge war bereits beim Bäcker gewesen und hatte frische Brötchen und Croissants geholt. Auf dem Tisch stand eine dampfende Kanne Kaffee, eine Platte mit verschiedenen Wurst- und Käsesorten, Erdbeermarmelade und Frühstückseier. Er gab ihr einen flüchtigen Kuss und setzte sich. Beim Frühstück sprachen sie über das Programm der Fortbildung und darüber, dass Inge an diesem Tag mit den Kindern zu ihren Eltern fahren wollte.

Streng genommen war es gar keine Fortbildung, sondern eher ein Lehrerausflug. Ausflüge waren den Pädagogen jedoch nach der letzten internationalen OECD-Studie zum Leistungsstand der Schüler in verschiedenen Ländern untersagt worden. Zwar war Deutschland im Laufe der Zeit zur führenden Industrienation Europas avanciert, woran das Schulsystem möglicherweise nicht ganz unbeteiligt war, aber eine Studie war eben eine Studie und dienstbeflissene Ministerialbeamte pflegen auf „Forschungsergebnisse" von Bildungstheoretikern meist rasch und politisch korrekt zu reagieren. Oberstudiendirektor Hürsch hatte jedoch die geniale Idee gehabt, einen Ausflug mit einigen bildungsrelevanten Elementen zu garnieren und als Fortbildung zu deklarieren. Ihm wurde dafür von allen Seiten Respekt gezollt.

Der Oberstudiendirektor unterschied sich in mancherlei Hinsicht von vielen anderen seiner Vorgänger im Amte. So hielt er wenig davon, permanent mit dem Schulgesetz unter dem Arm herumgelaufen oder sich bezüglich jeder Kleinigkeit im Schulalltag bei der Aufsichts- und Dienstleistungsdirektion in Trier juristisch abzusichern. Notfalls ging er auch einer Auseinandersetzung mit der vorgesetzten Dienstbehörde nicht aus dem Weg. Im privaten Kreis pflegte er zu betonen, dass die Stellung eines Schulleiters beachtliche Entfaltungsmöglichkeiten beinhalte. Man dürfe gegenüber Vorgesetzten oder renitenten Eltern nur nicht zu ängstlich reagieren. Also wollte man mit dem Bus um 8 Uhr morgens in die alte Römerstadt Trier fahren und dort einen schönen Tag verleben. Abends sollte die

Veranstaltung dann in geselliger Runde in einem Weinlokal abgerundet werden.

Am anderen Ende der kleinen Stadt kam Kristjan Melchior ebenfalls in die Küche. Doch statt einer liebevollen Gattin und eines reichgedeckten Tisches sah er nur einen kleinen Zettel neben dem Herd liegen. Auf diesem stand: Mülleimer hinausbringen!! Er nahm den Mülleimer und entsorgte den Inhalt in der seitlich vor dem Haus stehende Mülltonne. Dann machte er sich eine Tasse Tee und aß ein Brötchen mit Marmelade.

Seine Frau lag wie häufig noch leise schnarchend in ihrem Bett. Er war schon seit langem in das Gästezimmer umgezogen. Nach vielen Jahren ehelichen Frustes war das die beste Lösung gewesen. Er hatte immer wieder versucht, ein Mindestmaß ehelicher Nähe aufrecht zu erhalten. Vergebens! Also war er auf Distanz gegangen. So ließ sich die tägliche Disharmonie, die ständige Kritik und der in regelmäßigen Abständen auftretende lautstarke Ehekrach noch am ehesten ertragen. Wenn die zwei Mädchen und der kleine Tom nicht gewesen wären, er hätte schon längst das Weite gesucht.

Eine Straße weiter klingelte der Wecker von Oberstudienrätin Aufderheide. Sie seufzte tief und drehte sich auf die andere Seite. Nach einer weiteren viertel Stunde schreckte sie plötzlich hoch und eilte in ihr Badezimmer. Im Spiegel betrachtete sie missmutig ihr Gesicht. „Du bist alt geworden, Edeltraut", sagte sie zu sich selbst. „Du bist kein spätes Mädchen mehr, du bist mittlerweile eine faltige, verblühte Frau."

Lange hatte sie gehofft, es würde vielleicht doch noch ein weißer Ritter daherkommen und ihrem Leben wieder Sinn und Freude geben. Leider hatten aber nur zwei, drei ihr wenig zusagende Verehrer angeklopft und die hatte sie dankend abgewiesen. Einer von diesen Verehrern war ein tollpatschiger Arzt des nahen Kreiskrankenhauses gewesen, der nicht mal einen Nagel gerade in die Wand schlagen konnte, geschweige denn einen Autoreifen zu wechseln imstande war, ein anderer ein Kollege des Nachbargymnasiums, der ausschließlich über seine beiden Fächer, Religion und Deutsch, reden wollte. Selbst unterrichtete sie zwar auch das Fach Religion, doch sie wollte zumindest zeitweise im Diesseits und nicht ausschließlich im Jenseits oder im Zeitalter Goethes leben.

Sie hätte gerne in früheren Jahren ihren damals noch jungen Kollegen Rumpel etwas näher kennen gelernt, aber der schien trotz sanfter Annäherungsversuche ihrerseits kein Interesse an ihr zu gehabt zu haben. Außerdem hatte sie ihn einmal recht vertraut mit einer jungen Frau über den Wochenmarkt laufen sehen. Und da verbot es ihre gute Erziehung in einem Pfarrhaushalt, die Angelegenheit weiter zu verfolgen.

Nachdem sie geduscht und sich geschminkt hatte, trank sie noch hastig einen Becher Kaffee, sprang dann in ihren Peugeot 308 und fuhr dem Kollegenausflug, auf welchen sie sich nur mäßig freute, entgegen.

Frau Helga Hasensterz, ihres Zeichens Schulsekretärin am Sankt-Laurentius-Gymnasium, brachte ihren neunjährigen Sohn Eddy zu ihren Eltern im Nachbardorf. Wie all die Jahre zuvor nahmen sie, die zweite Sekretärin, Frau Koller, sowie der Hausmeister Molchewitz ebenfalls am Lehrerausflug teil. Gut, dass ihre Eltern so nah bei ihr wohnten. Das erleichterte vieles. Wenn ihre Eltern auf Eddy aufpassten, konnte sie auch abends gelegentlich ausgehen.

Ihr Mann war vor einem Jahr bei einem Autounfall ums Leben gekommen und nach einer angemessenen, in ihrem Eifeldorf von den Nachbarn genau registrierten Anstandszeit wollte sie nun nicht jedes Wochenende alleine mit ihrem Kind zu Hause sitzen und die Abende vor dem Fernseher verbringen. Ihre Ehe war nicht sonderlich glücklich gewesen, zumal sie auch nach einer Weile feststellen musste, dass ihr Mann nicht ausschließlich dem weiblichen Geschlecht zugetan war. Als sie ihrem Mann bei passender Gelegenheit einmal deshalb ehelichen Betrug vorgeworfen hatte, hatte er nur betreten zu Boden geschaut und geantwortet, dass er für seine Veranlagung nichts könne und sie, soweit es eben ginge, da raushalten wolle. Das hätte sie am eigenen Leibe sehr wohl schon gemerkt und außerdem hätte er ihr das vor der Heirat nicht verschweigen dürfen, war ihre gereizte Replik gewesen.

Vor der Schule angekommen, sah sie etwa 50 Lehrer und Lehrerinnen in kleineren Grüppchen zusammenstehen und auf den Bus warten. Wie bei solchen Gelegenheiten üblich, hatten sich einige aus mehr oder weniger überzeugenden Gründen entschuldigt. Vielleicht wollten sie aber nur eine Arbeit zu Ende korrigieren oder endlich mal den Keller aufräumen. Frau Hasensterz sah Frau Koller neben Direktor Hürsch und seinem Stellvertreter Sause stehen und gesellte sich zu ihnen. Hürsch schien sich in morgendlicher Hochstimmung zu befinden und erzählte Frau Koller gerade einen seiner sattsam bekannten Kalauer, worauf diese mit einem hysterischen Lachanfall reagierte.

Im nächsten Moment kam der Bus der Firma Kiffges mit ihrem Eigentümer in persona um die Ecke gefahren. Man wollte gerade einsteigen, als Frau Dr. Ochsenknecht laut rief, die Kollegin Süßmut sei noch nicht eingetroffen. Sie hätte gestern mit ihr gesprochen und sei sich ganz sicher, dass diese mitfahren wollte. Also wartete man noch eine Weile. Als Oberstudienrätin Süßmut auch nach 15 Minuten nicht erschienen war und auch ein Anruf bei ihr zu Hause kein Ergebnis gebracht hatte, befahl Direktor Hürsch die Abfahrt. Schließlich wolle man ja noch rechtzeitig vor dem Abendessen in der 60 km entfernten Stadt Trier sein.

Wie sich später herausstellte, war Kollegin Süßmut beim rückwärtigen Herausfahren aus ihrer Garage mit dem neuen Mercedes 250 4Matic 9G-Tronic AMG Line ihres Nachbarn kollidiert, worüber dieser sich höchst unerfreut zeigte, so dass ein längeres Zwiegespräch folgte und die Polizei herbeigerufen werden musste. Als Frau Süßmut das erste Mal wieder auf ihre Armbanduhr schaute, war der Bus der Firma Kiffges schon fast in Trier.

Dort hatte man morgens eine Führung durch die Konstantinbasilika gebucht. Alternativ konnte man auch unter der Leitung von Studienrat Hackenkleber dem Karl-Marx-Haus (Geburtshaus von Karl Marx und heute Museum) einen Besuch abstatten. Nach einer genügend langen Mittagspause stand dann für alle die große Kaiser Nero-Ausstellung im Landesmuseum auf dem Programm. Auf dem Busparkplatz nahe der Kaiserthermen angekommen, teilte sich das Kollegium. Eine größere Gruppe ging zur Basilika, eine kleinere Gruppe von etwa fünfzehn Altsechzigern, Neuidealisten und anderen politisch Interessierten suchte das Karl-Marx-Haus auf.

In der Konstantinbasilika erwartete die einfachen Landlehrer ein hochgebildeter Stadtlehrer, der sich als Dr. Dr. Kenn vom Max-und-Moritz-Gymnasium zu Trier zu erkennen gab. Einige Lateinlehrer konnten sich noch dunkel an den damals als Fachberater fungierenden imposanten Mann erinnern, der den verblüfften Fachkollegen auf einer offiziellen Fachsitzung zwei Stunden lang einen Vortrag über römische Münzen gehalten hatte. Während ein junger ehrgeiziger

Studienrat sich daraufhin bei der Schulbehörde über die Verschwendung wertvoller Arbeitszeit beschwert hatte, fand zum Beispiel Frau Süßmut den Vortrag recht interessant. Sie hatte schon viele mehr oder weniger unergiebige Fachsitzungen miterlebt und hatte nun endlich einmal das Gefühl, etwas dazugelernt zu haben.

Dr. Dr. Kenn war inzwischen längst nicht mehr im aktiven Schuldienst. Er wollte jedoch die Stadt Trier und die Trier besuchenden Menschen an seinen umfangreichen Kenntnissen hinsichtlich römischer Münzen und sonstiger städtischer Historie weiterhin teilhaben lassen und hatte sich deshalb dankenswerterweise als Stadtführer zur Verfügung gestellt. Er war heute aus gegebenem Anlass in eine wallende römische Toga gehüllt und trug an den Füßen nur dünne Sandalen, welche in dieser Jahreszeit seine blau angelaufenen, großen Füße nur spärlich wärmen konnten. Nichtsdestotrotz empfing er die Gruppe aus dem Eifler Hinterland mit einem donnernden „Salve!“ Nicht auf den Mund gefallen, donnerte Hürsch zurück: „Ave Imperator, morituri te salutant!” Dies schien Dr. Dr. Kenn zu gefallen und er schüttelte dem einen Kopf kleineren Todgeweihten herzlich die Hand.

„Audias fabulas veteres sermonesque maiorum“, fuhr Dr. Dr. Kenn fort. “What´s that in English, please?“, rief der manchmal ein klein wenig vorlaute Referendar Lorenz Müller, der im Hauptfach Englisch unterrichtete, von hinten. Dr. Dr. Kenn, der zwar über sehr gute Lateinkenntnisse verfügte, aber dessen Englischkenntnisse längst im Dunkel der Zeiten abhanden gekommen waren, schaute verblüfft. „Eine Übersetzung ins Deutsche tuts auch“, half die mitdenkende Frau Aufderheide aus. „Aber natürlich, selbstverständlich“, beeilte sich der Stadtführer zu sagen. „Hört uralte Geschichten und Erzählungen aus Urväterzeiten!“ Aha, und los ging es.

Der sich anschließende Vortrag erwies sich in der Tat als fundiert und kenntnisreich. So erfuhren die den Worten des stimmgewaltigen Imperators gebannt lauschenden Lehrpersonen zum Beispiel, dass Römer noch keine Pizza kannten, die Mädchen schon mit zarten zwölf Lenzen heiratsfähig waren und die Männer morgens, mittags und abends Wein tranken. Da lag der Untergang des römischen Weltreiches nahe, dachte Oberstudienrat Knolle, der ein großer Verehrer des Cheruskerfürsten und Römerbezwingers Arminius war.

Der Weg führte in der sehr schlichten, aber in ihrer Monumentalität einschüchternden Basilika an Marmorskulpturen der frühchristlichen Apostel vorbei zur Apsis, wo sich heute der evangelische Altar befindet. Früher hatte jedoch an dieser Stelle der wuchtige Thron Kaiser Konstantins (4. Jh. n. Chr.) gestanden. Hier setzte sich der Imperator Maximus auf einen in der Mitte vor dem Altar bereitgestellten Stuhl, wies Referendar Müller die Rolle eines germanischen Bittstellers zu und forderte ihn auf, zum Eingangsportal zurückzugehen und sich dann von dort wieder langsam seiner Person zu nähern.

Müller tat wie ihm befohlen. Er ging zum Eingang zurück und bewegte sich dann gemessenen Schrittes den Mittelgang entlang auf Dr. Dr. Kenn zu. Dort angekommen, wollte dieser von ihm wissen, was er auf dem langen Weg vom Portal bis zum Kaiserthron emotional empfunden habe. Müller, der natürlich wusste, was der Stadtführer von ihm hören wollte, hätte am liebsten geantwortet, dass es ihm lieber wäre, wenn statt seiner übergewichtigen Person die schlanke Referendarin Friederike Hoppenwerth auf diesem Stuhl säße, damit er ihr seine heimliche Zuneigung gestehen könnte.

Doch er war kein Spielverderber. Also sagte er pflichtbewusst, er sei fürchterlich beeindruckt gewesen. Wenn er ein germanischer Fürst gewesen wäre, der am Eingang noch selbstbewusst seine Bitten und Forderungen hätte vorbringen wollen, wäre ihm unter dem Eindruck der gewaltigen Palastaula sicher der Mut abhandengekommen. Er wäre immer kleiner geworden und die letzten 10 m vermutlich auf den Knien gerutscht. Vorne bei ihm angekommen, hätte es ihm glatt die Sprache verschlagen und er wäre bestimmt ins Stottern geraten. Der Imperator war entzückt.

Oberstudienrat Melchior lächelte amüsiert in sich hinein. Er hatte als Referendarbetreuer der Schule demnächst die Aufgabe, alle der Schule zugeordneten Referendare in Abstimmung mit der Schulleitung zu beurteilen. „Guter Junge", dachte er, „ich werde ihm wohl statt der 2 eine 2+ geben. So viel historisches Einfühlungsvermögen muss einfach honoriert werden."

Dreihundert Meter Luftlinie entfernt hielt Studienrat Vincent Hackenkleber gerade einen Vortag über die Kindheit und Jugend von Karl Marx. Er wusste beispielsweise, dass der kleine Karl im Winter seinen jüngeren Schwestern gerne mal den Schlitten wegnahm und sie auch des Öfteren verhaute, was auf eine schon in frühester Kindheit ausgeprägte soziale Empfindsamkeit hindeutete.

„Hast du das denn früher auch so gemacht?“, wollte Referendarin Hoppenwerth spontan wissen. „Nein, nein, bei mir ist es leider umgekehrt gewesen. Meine beiden älteren Schwestern haben immer mich vermöbelt“, sagte Hackenkleber verschämt. Ob das Auswirkungen auf sein späteres Leben gehabt hätte, fragte daraufhin Frau Salzig, welche das persönliche Schicksal von Mitmenschen nie kalt ließ. „Das könnte womöglich der Fall gewesen sein. Auf jeden Fall liegt mir eine romantische Verklärung der holden Weiblichkeit äußerst fern“, bekam sie zur Antwort. Salzig warf Hoppenwerth einen bedeutungsvollen Blick zu.

Im weiteren Verlauf des Rundgangs durch das Karl-Marx-Haus verriet der junge Studienrat seinen erstaunten Kollegen auch, dass er, Hackenkleber, sogar mit dem berühmten Kritiker der bürgerlichen Gesellschaft und Theoretikers des Kommunismus Karl Marx persönlich verwandt sei. Deshalb hätte er sich auch freiwillig bereiterklärt, diese Führung anzubieten. Seine Familie stamme nämlich auch aus dem beschaulichen Trier und die Halbschwester seines Urgroßvaters mütterlicherseits hätte den unehelichen Sohn eines Neffen von Karl Marx geehelicht.

Donnerwetter, meinte Mathematiklehrer Dittelbrunn, so was hätte er nicht vorzuweisen, Er wüsste nicht einmal, wer sei Vater sei. Ob ihn dieser Umstand vielleicht auch motiviert hätte, das Studium der Politikwissenschaft aufzunehmen, begehrte der genealogisch unterbelichtete Dittelbrunn von Hackenkleber zu erfahren. Das könne er nicht mit letzter Gewissheit sagen, entgegnete der Angesprochene, aber im Unterbewusstsein müsste dies schon eine gewisse Rolle gespielt haben.

Danach erfuhren die Zuhörer einiges über den dialektischen Materialismus, das Basis-Überbau-Schema, die Wechselbeziehung zwischen Sein und Bewusstsein, über die Differenz der demokritischen und epikureischen Naturphilosophie, die Linkshegelianer und die Rechtshegelianer, bis schließlich Hausmeister Molchewitz anmerkte, dass er jetzt am liebsten weder nach rechts, noch nach links wolle, sondern nur noch durch die Tür geradeaus zu einem gemütlichen Lokal, um seinen proletarisch leeren Magen zu füllen. Diese Anregung stieß auf großen Zuspruch, obwohl Herr

Hackenkleber gerne noch zwei weitere Stunden referiert hätte.

Im Stadtzentrum am Marktkreuz traf man sich – wie vorher abgesprochen – wieder mit der Basilika-Gruppe. Da die kulinarischen Vorlieben jedoch sehr unterschiedlich waren und eine so große Anzahl hungriger Lehrpersonen die räumlichen Ressourcen der meisten Restaurants überfordert hätte, spaltete man sich erneut in kleinere Gruppen auf, vereinbarte aber, sich um 14.30 Uhr am Haupteingang des Rheinischen Landesmuseums abermals zusammenzufinden, um dort gemeinsam die Kaiser Nero-Ausstellung zu besuchen.

Frau Aufderheide, Frau Dr. Ochsenknecht, Herr Unruh und die Sekretärin Hasensterz steuerten das Restaurant „Die Schlemmereule“ im Domfreihof an, da Frau Dr. Ochsenknecht dort mit zwei Freundinnen erst vor kurzem sehr gut gegessen hatte. Auf dem Weg dorthin schlossen sich ihnen auch noch Herr Melchior und Frau Salzig an, obwohl sie behaupteten, notfalls auch mit einer Tüte Pommes über die Mittagspause zu kommen.

Im Lokal angekommen wurden sie sogleich von einer kleinen, pummeligen Kellnerin, die eine gewisse Ähnlichkeit mit einer Schleiereule aufwies, mit der Getränkekarte versorgt. Melchior bestellte sich ein großes Weizenbier. Frau Salzig, Frau Aufderheide und Frau Hasensterz eine Spätlese *Liebfraumilch* und Frau Dr. Ochsenknecht nach längerem Studium der Getränkekarte ein Stilles Wasser, 0,25l.

Kollege Unruh, der blitzschnell den Platz neben der hübschen Schulsekretärin Hasensterz eingenommen hatte, wünschte hingegen zunächst eine eingehende Weinberatung durch die Bedienung. Er galt allgemein als ausgewiesener Wein- und Zigarrenkenner und ließ keine Gelegenheit aus, dies unter Beweis zu stellen. Ob der 2015er Le Vin de Merde (Languedoc) auch die Qualität des 2014ers habe, wollte er wissen. Bei dem 2014er Le Vin de Merde sei seiner Meinung nach die Blume besonders ausdrucksstark, nicht zuletzt aufgrund des hervorragend herausgearbeiteten Terroirs. Was er gar nicht leiden könne, seien streng und metallisch schmeckende Tannine. Gelegentlich würde bei falscher Lagerung ja auch der Charakter des Weines leiden, so dass er einen unangenehmen *retrogusto persistente* („Nachgeschmack“ hätte auch die Bedienung verstanden) haben würde.

Die kleine rundliche Kellnerin zuckte zusammen. Inzwischen auch rotwangig versuchte sie, so gut sie konnte, den Weinkenner von der besonderen Güte des hier angebotenen Weines zu überzeugen, so dass dieser nach einigen weiteren Fragen schließlich zur Erleichterung aller das Getränk bestellte.

Als die Bedienung mit einem leeren Glas und der Flasche Wein wieder an den Tisch kam, nahm er ihr diese zunächst aus der Hand, studierte eingehend das vordere und das hintere Etikett, gab ihr die Flasche zurück und ließ sich eine kleine Probe einschenken. Von dieser nahm er vorsichtig ein Schlückchen in den Mund. Den Kopf leicht in den Nacken gelegt, die Augen geschlossen, kaute er dann etwa zwanzig lange Sekunden auf dem unschuldigen Wein herum.

Jetzt fehlt nur noch, dass er anfängt, den Wein zu gurgeln, dachte Salzig und Melchior tat ungeduldig kund, dass die Kaiser Nero-Ausstellung nur bis 21.00 Uhr aufhabe und er bitteschön vorher noch eine Kleinigkeit bestellen und danach essen wolle. Derart auf den Boden der banalen Realität zurückgeworfen, ließ sich Unruh schließlich gnädig ein Glas Le Vin de Merde randvoll einschenken.

Während des mehr oder weniger ausgiebigen Mittagsmahls - Herr Melchior hatte statt einer Tüte Pommes nun eine Speckroulade mit Bohnensalat und Kartoffelpüree, sein bei ihm zu Hause nie serviertes Lieblingsgericht, bestellt, Frau Dr. Ochsenknecht begnügte sich mit einer Frühlingsrolle - versuchte Herr Unruh sehr hartnäckig, mit Frau Hasensterz ins Gespräch zu kommen. Zunächst erklärte er ihr das ABC des kultivierten Weingenusses. Danach erzählte er ihr, warum er liebend gerne einmal auf Bora Bora oder Tahiti seinen Urlaub verbringen würde und schließlich informierte er sie in seiner Funktion als Biologielehrer in einem längeren Diskurs darüber, dass schon bei den alten Germanen die Vielweiberei eine durchaus akzeptierte Lebensform darstellte, was genetisch nicht von Nachteil gewesen sei. Hierbei blinzelte er sie vielsagend an.

Melchior, der dem Gespräch zugehört hatte, schüttelte unwillkürlich seinen Kopf. Er kannte von diversen Einladungen im Kollegenkreis auch Frau Unruh und wusste, was für eine umgängliche, sich für ihre Familie aufopfernde Frau sie war. Und hier saß ihr Mann und versuchte ganz unverblümt, eine andere Frau anzubaggern. Wenn er nur eine Frau wie die des Kollegen kennengelernt hätte! Stattdessen musste er tagtäglich

Ehezwist und Lieblosigkeit ertragen ohne Aussicht auf Erlösung. Das Leben ist ungerecht, sinnierte er. Doch im nächsten Moment wusste er, dass das Leben jedes einzelnen letztendlich von ihm selber zu verantworten ist und zumindest in seinem Falle relativ gerecht war. Er hatte die Weichen seines Lebens falsch gestellt, war zu gutmütig gewesen, hatte gewisse, ganz offensichtliche Dinge nicht rechtzeitig erkannt. „Wie man sich bettet, so liegt man!“, hatte sein Vater immer gesagt.

Er hob den Kopf und sah, dass sowohl Frau Aufderheide, als auch Frau Salzig ihn anblickten. Die eine nachdenklich, die andere schmunzelnd und leicht ironisch. Er fühlte sich ertappt und durchschaut. Gedankenübertragung, weibliche Intuition oder nur langjährige Beobachtung seiner Person? Beide kannten seine Frau von diversen Kollegenfesten, waren auch schon mal bei ihm zu Hause gewesen, um gemeinsam Abiturarbeiten oder Projekte vorzubereiten. Salzigs Amüsement störte ihn. Etwas mehr Pokerface wäre hier angebracht. Oder konnte sie die diversen Widrigkeiten und Absurditäten des Alltags nur so verdauen?

Beschämt und leicht verwirrt wandte er sich wieder seiner Speckroulade mit Bohnensalat zu. Doch der Appetit war ihm vergangen. Stattdessen bestellte er sich noch ein weiteres Bier und bemühte sich anschließend - nachdem er sich wieder innerlich sortiert hatte - um etwas Small Talk.

Nebenbei nahm er jedoch am Gesichtsausdruck der Schulsekretärin wahr, dass diese von den Ausführungen seines Kollegen Unruh keineswegs hingerissen war. Hin und wieder stellte sie eine scheinbar interessierte Frage und bemühte sich, höflich auf seine Anzüglichkeiten zu reagieren, mehr nicht. Frau Hasensterz war nämlich eine keineswegs dumme Frau, die sich im Laufe ihres nicht immer glücklich verlaufenen Lebens auch eine Portion Männerkenntnis angeeignet hatte. Oberstudienrat Unruh war erstens nicht ihr Typ und zweitens hatte sie ihn längst durchschaut und in ihr moralisches Koordinatensystem eingeordnet.

Nach einer guten Stunde Small Talk bzw. germanischer Vielweiberei bemerkte Frau Dr. Ochsenknecht schließlich, dass sie jetzt aufbrechen müssten, wolle man in der Ausstellung im Landesmuseum noch etwas von römischer Lebensart erfahren. Sie war eine ältliche Jungfer und konnte auch beim besten Willen mit den lasterhaften Gebräuchen der Germanen nur wenig anfangen. Ihr wäre ein disziplinierter römischer Zenturio allemal lieber gewesen, wäre er nur in ihren jüngeren Jahren einmal in Erscheinung getreten. Dazu war es leider nie gekommen, da auch römische Zenturionen im Allgemeinen hübsche, dralle Jungfrauen bevorzugten und nicht angesäuerte, magere Lateinlehrerinnen.

Vor dem beeindruckenden Portal des Landesmuseums hatte sich bereits etwa die Hälfte des Kollegiums eingefunden, darunter auch Direktor Hürsch. Melchior sah sogleich, dass sein aus einem kleinen Moselort stammender, meist jovialer Vorgesetzter in der Mittagspause sicherlich nicht nur *ein* Glas Moselwein getrunken hatte. Eher schmächtig von Gestalt vertrug Hürsch nur eine begrenzte Menge Alkohol. Diese ihm von der Natur gesetzte Grenze einzuhalten, fiel ihm jedoch häufig schwer, zu schwer. Einmal in Stimmung vergaß er seine Grenze und konnte dann mitunter nicht nur lustig, sondern auch sehr ehrlich und direkt werden, was ihm in der Vergangenheit nicht nur Freunde eingebracht hatte.

Melchior amüsierte diese Eigenschaft, ja er fand sie irgendwie sogar sympathisch. Er selbst allerdings gab sich stets Mühe, immer freundlich und verbindlich zu sein. Konflikten mit Kollegen ging er in der Regel aus dem Weg oder versuchte sie mit Diplomatie zu entschärfen. Streit hatte er zu Hause genug, in seinem Beruf brauchte er seine Energie für andere Dinge. War er deshalb ein Hasenfuß, der nur seine Pensionsgrenze erreichen wollte, ohne sich vorher unnötig aufzureiben?

Salzig hatte einmal nach einer turbulenten Sitzung des Personalrats, dem sie beide angehörten, zu ihm gesagt: „Du solltest deine Meinung mal offensiver vertreten. Manchmal weiß ich gar nicht, ob du überhaupt eine eigene Meinung hast. Mehr Durchsetzungswillen würde auch deinem Ansehen unter den Kollegen nicht schaden.“ Dabei hatte sie ihn etwas gereizt angeschaut. Er wusste zwar, dass sie sich gegenseitig mochten, doch manchmal schien er ihr mit seiner nachgiebigen Art auf die Nerven zu gehen. „Ich werde darüber nachdenken“, hatte er diplomatisch geantwortet, worauf sie sich ziemlich abrupt umgedreht hatte und weggegangen war.

Melchior fragte sich manchmal, ob Salzig glücklich und zufrieden mit ihrem Leben war. Im Schulalltag jedenfalls wirkte sie meist aufgeräumt und gut organisiert. Andererseits kannte er ihren Mann, einen meist arbeitslosen, langhaarigen Diplompsychologen. Er hatte den Eindruck, dass sie sich von diesem reichlich ausnutzen ließ. Sie verdiente das Geld, während er in einem alten Trainingsanzug mit von seiner Mutter gestrickten Wollsocken auf dem Sofa lag und schlaue Bücher las. Sie korrigierte ganze Wochenenden hindurch Kursarbeiten, während er mit ihrem Sport Coupe zu irgendwelchen Fortbildungsveranstaltungen in Wellness Hotels fuhr, die ihn aber bislang beruflich wenig vorangebracht hatten. Na ja, dachte er, wo die Liebe halt hinfällt ...

Nachdem alle Lehrpersonen den Weg zum Landesmuseum gefunden hatten, begab man sich zur Kasse desselben. Hier stellte der Kollege Rumpel, welcher kurz vor seiner Pensionierung zunehmend Anzeichen galoppierender Schusseligkeit zeigte, überrascht fest, dass er wohl sein Portemonnaie in dem von ihm besuchte Lokal beim Bezahlen auf dem Tisch vergessen haben musste. Ob er denn wirklich überall geguckt hätte, wollte Frau Aufderheide neben ihm wissen. Rumpel durchsuchte noch einmal seine diversen Taschen, konnte aber seine Geldbörse nicht finden. Ob er auch in den seitlichen Taschen seiner schweinsledernen Herrenumhängetasche nachgeforscht habe, fragte Studiendirektor Sause, der seinen langjährigen Kollegen nur zu gut kannte. Dort nachschauend zog dieser daraufhin verdattert, aber gleichzeitig auch erleichtert sein Portemonnaie ans Tageslicht. Als einige jüngere Kollegen herzlos applaudierten, brummte er zerknirscht, dass sowieso nur unredlich erworbenes Schwarzgeld drin sei.

Im Museum hakte sich die normalerweise sehr zurückhaltende Religionspädagogin Aufderheide kurz bei ihm unter und flüsterte: „Hans-Wilhelm, du ein Mafioso? Wer hätte das vermutet? Du fängst an, mich zu interessieren.“ Rumpel musste trotz seiner momentanen Zerknirschung über seine eigene Dämlichkeit und Aufderheides Worte schmunzeln. Einen derartigen Kommentar hätte er ihr nicht zugetraut. Man wird halt auch im fortgeschrittenen Alter zuweilen angenehm überrascht, dachte er, sagte aber stattdessen: „Edeltraut, Edeltraut, was so ein bisschen zur Mittagszeit genossener Moselwein bei einer Dame wie dir alles anrichten kann.“ „Heute Abend wird weitergesoffen“, ließ Direktor Hürsch, der dicht hinter ihnen ging, fröhlich verlauten. Schließlich gehöre zu einer zünftigen Fortbildung auch ein lustiger Ausklang in Sachen Vinologie.

„Übrigens“, sagte Rumpel, als Hürsch vor einer nur leicht bekleideten weiblichen Statue stehen geblieben war, zu seiner alten Freundin Aufderheide, „in vier Wochen feiern meine Frau und ich unseren 30. Hochzeitstag. Wir wollen einige Kollegen und noch ein paar andere Leute einladen. Meine Frau meinte, du solltest auch mit dabei sein, zumal ihr verwitweter Bruder aus Köln auch wiederkommt. Du hast dich doch letztes Mal so gut mit ihm unterhalten.“ „Sehr gerne“, sagte Aufderheide und dachte, es hätte *unser* 30. Hochzeitstag sein können, Hans-Wilhelm, wenn du nur damals angebissen hättest.

Zunächst war jedoch Weiterbildung angesagt. Man konzentrierte sich auf den römischen Kaiser Nero. Zu diesem Zweck hatte Sause, der den Ausflug organisatorisch in die Hand genommen hatte, im Vorfeld eine Museumführung angefordert. Dies hatte bei den Geschichtslehrern im Kollegium für Erstaunen, ja sogar Verärgerung gesorgt, glaubte man doch, die Informationen über Nero genauso gut selber unter das gemeine Volk bringen zu können. Dem standen jedoch die Erfahrung bei einem früheren Kollegenausflug nach Speyer entgegen, an den sich Sause noch sehr deutlich erinnern konnte.

Nach dieser Exkursion war es zu monatelangen Spannungen zwischen drei Geschichtslehrern des

Sankt-Laurentius-Gymnasiums gekommen, da die den anderen Lehrern dargebotenen, fundierten historischen Kenntnisse der drei Herren zur Stadtgeschichte Speyers offensichtlich auf unterschiedlichen und möglicherweise weniger fundierten Quellen basierten, was zur Folge hatte, dass sie sich zuerst höflich, dann jedoch zunehmend despektierlich und laut widersprochen hatten. Dies galt es in den folgenden Jahren zu vermeiden, wollte man das Schulklima nicht unnötig belasten.

Folglich stand nun eine etwas dösig dreinblickende, völlig ungeschminkte weibliche Person undefinierbaren Alters vor ihnen, die sich als Frau Dr. Schulze-Rübsaat, ihres Zeichens 2. Stellvertreterin des Museumsdirektors, vorstellte. Auf ihrer Knollennase saß eine wuchtige Hornbrille, ihr schütteres Haar war zu einem Knoten zusammengebunden und an der linken Hand trug sie einen viel zu großen Wappenring. Doch wer erwartet hatte, Frau Dr. Schulze-Rübsaat würde ihrem anfänglichen äußeren Eindruck, den sie auf Leute machte, entsprechen und einen intellektuell freudlosen, Langweile geradezu herausfordernden Rundgang durch die Ausstellung veranstalten, sah sich gründlich getäuscht.

Sobald sie den Namen Nero in den Mund nahm, begannen ihre hinter den Glasbausteinen der Hornbrille verkleinerten Äuglein an zu funkeln und zu blitzen. Stimmgewaltig und ihre Ausführungen mit weit ausholenden Armbewegungen begleitend ließ sie die Zeit des Kaisers Nero Revue passieren. Temperamentvoll hüpfte sie vor den in Stein gemeißelten römischen Jünglingen von einem Bein auf das andere und kletterte sogar auf einen Sockel, um von dort die flammende Rede eines Präfekten an den römischen Senat nachzuahmen.

Als nächstes behauptete sie, Agrippina, die Mutter Neros zu sein, wobei sie mit dem Zeigefinger auf den verzagt dreinblickenden Hackenkleber deutete. Bevor Agrippina etwas sagen konnte, rief Hackenkleber, er sei aus der friedvollen Eifel und wolle mit den Morden, erzwungenen Selbstmorden und Intrigen des alten Roms nichts zu tun haben. Alle lachten, nur Agrippina blieb gruselig ernst. Sie bestand darauf, Hackenkleber sei der bedauernswerte Britannicus, Sohn des römischen Kaisers Claudius, der alsbald vergiftet würde, um die Thronbesteigung ihres eigenen Sohnes Nero zu ermöglichen.

Genauso anschaulich gelang es ihr, Neros Selbstverliebtheit, seine berüchtigten Wagenrennen, bei denen er immer selber als erster die Ziellinie überfuhr, sowie den Brand Roms und die Christenverfolgung zu erklären und gegebenenfalls schauspielerisch vorzuführen. Als sie den sich anbahnenden Cäsarenwahnsinn Neros darstellte, verdunkelte sich ihre Körpersprache. Sie krümmte sich zusammen, machte erst einen Schritt rückwärts, dann zwei Schritte vorwärts direkt auf Direktor Hürsch zu, sah ihm furchterregend tief in seine angesäuselten Augen, nannte ihn Seneca und fauchte, er solle sich selbst das Leben nehmen oder sie wolle dafür sorgen, dass es ihm genommen würde.

Hürsch antwortete, das hätte seine Frau auch schon zu ihm gesagt, doch er wolle noch ein kleines Weilchen länger leben. Außerdem sei er keineswegs der Prätorianerpräfekt Seneca, sondern nur ein kleiner, unbedeutender Schulleiter aus Daun. Das könne jeder behaupten, rief Sause, der sich Hoffnungen machte, Hürsch in seinem Amt zu beerben, aus der dritten Reihe.

Schließlich stürzte sich Nero, in Gestalt der 2. Museumsdirektor-Stellvertreterin, von Feinden umzingelt und irre lachend, selbst in sein Schwert. Hierzu benutzte die Direktor-Stellvertreterin, die sicher auch am Wiener Hoftheater Karriere gemacht hätte, den Schirm von Frau Dr. Ochsenknechts, welchen diese trotz strahlenden Sonnenscheins völlig unnötigerweise mitgeschleppt hatte.

Am Schluss waren alle, je nach persönlicher Disposition, berauscht, amüsiert, entgeistert oder nur schlicht zufrieden. Frau Schulze-Rübsaat wurde nachhaltig bedankt und versprochen, ihre Darbietung für das Guinness-Buch der Rekorde anzumelden. Es war mittlerweile später Nachmittag geworden und jeder freute sich auf die kurze Schifffahrt auf der Mosel bis Ehrang und die anschließende Einkehr in die dortige Klosterschenke.

Auf dem Schiff der Firma Kolb wurde es Frau Dr. Ochsenknecht schlecht, obwohl der Wellengang gen Null tendierte. Doch allein die Vorstellung als Nichtschwimmerin in einem relativ kleinen Schiff auf einem großen Fluss zu dümpeln, genügte ihr, die mittags verzehrte Frühlingsrolle, oder was davon noch der Verdauung entgangen war, wieder den umgekehrten Weg nach oben wandern zu lassen.

Während sie also mit Unterstützung von Frau Koller ziemlich jämmerlich über der Reling hing, saßen Direktor Hürsch, Sause, Rumpel sowie der ebenfalls trinkfeste Knolle an der Schiffsbar und ließen es sich gut gehen. Gerade stritt man um die Frage, ob dem *Trabener Brautrock* oder der *Brauneberger Juffer* die höchste Ehre gebühre. Um dies herauszufinden, wurden gleich beide Flaschen bestellt und auch zügig geleert. Das Rennen gewann der Brautrock knapp vor der Juffer.

In dem traditionsreichen Gemäuer der Klosterschenke saß man an vorher reservierten 10er Tischen in einem großen Saal. An einem der vorderen Tische saß Hürsch mit seinem Stellvertreter Sause, seine Sekretärin Hasensterz, Herr Unruh, der stets die Nähe der Schulleitung suchende Herr Hackenkleber, Frau Dr. Ochsenknecht, die Referendare Müller und Hoppenwerth sowie Frau Salzig und Herr Melchior. Bei Adam Unruh war bezüglich seiner Chancen bei Frau Hasensterz immer noch nicht der Groschen gefallen. Deshalb hatte er sich wiederum neben die Schulsekretärin platziert, wobei er die bereits auf diesem Sitz liegende Handtasche der sich gerade auf der Toilette befindlichen Frau Dr. Ochsenknecht einfach zwei Plätze nach links beförderte.

Die Getränkerechnung, so war vorher vereinbart worden, sollte aus der Personalkasse bestritten werden. Direktor Hürsch steuerte jedoch fünf Flaschen *Trabener Brautrock* zusätzlich dazu, da erst kürzlich sein Silbernes Dienstjubiläum gewesen war. Zu Hause in der eigenen Familie zwar ziemlich knauserig, konnte diese Knauserigkeit bei vorherigem Alkoholgenuss und in fröhlicher Geselligkeit gelegentlich schlagartig in Spendierlaune umschlagen, insbesondere dann, wenn Frau Hürsch nicht zugegen war. Bei solchen Gelegenheiten kam in ihm wieder der kleine Junge aus bescheidenen Verhältnissen hervor, der immer davon geträumt hatte, irgendwann einmal Geld im Überfluss zu besitzen, um es dann großzügig und spendabel ausgeben zu können. Sein Vater war einfacher Forstarbeiter gewesen, die Mutter hatte sechs Kinder zu versorgen gehabt und die Familie hatte jeden Groschen umdrehen müssen, bevor sie ihn ausgeben konnte. Ihm selbst war es gelungen, sich mit großem Fleiß, Zielstrebigkeit und Akribie hochzuarbeiten. Darauf war er zu Recht stolz.

Sein Essen konnte jeder a la carte bestellen. Frau Dr. Ochsenknecht zum Beispiel, die nach der Schiffstour noch den süß-säuerlichen Nachgeschmack einer halbverdauten Frühlingsrolle im Mund hatte, sah nur kurz auf die Speisekarte und bestellte dann wiederum nur ein Fläschchen Stilles Wasser und eine kleine Blätterteig-Pastete mit Spinat und Ziegenkäse.

Lorenz Müller hingegen nahm seinen ganzen Mut zusammen und schlug seiner Referendarkollegin Hoppenwerth halb im Spaß, halb im Ernst vor, zusammen eine Platte für zwei Personen, Entenbraten mit Backpflaumenhackfüllung und Kroketten, zu bestellen. Zu seiner großen Überraschung verstand diese dies nicht als Scherz, sondern willigte sofort ein. Er sah sie verdutzt an, worauf sie ihn zuerst fröhlich anlachte und dann leicht errötend aus dem Fenster zur Mosel hinabschaute.

Müller wusste, dass Friederike Hoppenwerth mit einem Bundeswehroffizier liiert war. Er war dem zackigen Hauptmann einmal auf einem Schulfest begegnet. Für seinen Geschmack war er etwas zu zackig. Hoppenwerth hatte den ganzen Abend schmachtend an seinem Arm gehangen, er hatte jedoch - zumindest äußerlich - wenig Zuneigung oder gar Zärtlichkeit ihr gegenüber gezeigt. Stattdessen hatte er sich fast ausschließlich mit seinen Gesprächspartnern über die Bundeswehr und deren Rolle im globalen Gleichgewicht der militärischen Kräfte auseinandergesetzt.

Nachdem alle ihr Essen bestellt hatten, stand Direktor Hürsch auf und hielt eine kurze Ansprache. Er hoffe, so sagte er, dass die Energie seiner Kollegen von der anstrengenden Fortbildung nicht schon aufgebraucht sei, denn jetzt beginne der zweite, nicht minder fordernde Teil der Veranstaltung. Er wünsche allen einen gesunden Appetit, einen noch gesünderen Durst und gute Unterhaltung auch mit den Kollegen, mit denen man im Berufsalltag vielleicht nicht allzu viel zu tun habe. Aber dafür seien solche Ausflüge ja auch gedacht, dass man sich nämlich menschlich näherkäme, um so das allgemeine Betriebsklima im Kollegium zu fördern. Im Laufe des Abends würde eine Kapelle zum Tanz aufspielen und so sei er sich sicher, dass jeder einen vergnüglichen Abend haben werde.

Bei der Erwähnung der Tanzkapelle schaute er eindringlich Frau Dr. Ochsenknecht an, die gerade an ihrem Glas Wasser nippte und sich vor Schreck fast verschluckte. Sie war seit mindestens 25 Jahren nicht mehr auf einer Tanzfläche gewesen und auch davor nur recht spärlich zum Tanzen aufgefordert worden. Sie bezweifelte daher intensiv, ob der Abend für sie besonders vergnüglich verlaufen würde.

Leider war in der Küche an diesem Tag einer der Köche ausgefallen, so dass das Servieren der Gerichte sich über fast eine Stunde hinzog. Allerdings führte diese Gegebenheit zu einem umso nachhaltigeren Gebrauch der reichhaltigen Getränkekarte. Im Laufe des Serviervorgangs gab es daher gewisse Unstimmigkeiten bei der Zuordnung der Gerichte, da der eine oder andere schon wieder vergessen hatte, was er bestellt hatte und die Kellnerin das auch nicht mehr so genau wusste. So kam es, dass zum Beispiel Frau Dr. Ochsenknecht plötzlich vor einem Eisbein mit Sauerkraut saß, obwohl sie nur ein kleine Blätterteigpastete bestellt hatte und Kristjan Melchior missmutig auf eine Terrine Karotten-Ingwer-Kokos Suppe blickte, obwohl er sich auf Alemannisches Schweinegulasch gefreut hatte. Nach einem mehr oder weniger unterhaltsamen Tellerwechselspiel kam jedoch zu guter Letzt fast jeder zu dem von ihm bestellten Gericht.

Für allgemeine Erheiterung sorgte indes Herr Hackenkleber. Ihm war seine Mahlzeit, Gänsebrüstchen in Rotweinsauce und Knödel, als erstes serviert worden. Nach dem Essen und zweieinhalb Gläsern *Trabener Brautrock* hatte er seinen Teller auf das hinter ihm stehende Serviertischchen gestellt, um so mehr Armfreiheit zu erhalten. Die blonde Serviererin nahm daher nach geraumer Zeit fälschlicherweise an, er sei überhaupt noch nicht bedient worden. Sich tief über ihn beugend fragte sie ihn, was er denn bestellt habe. Hackenkleber wunderte sich zwar darüber, wie schnell hier abgerechnet werden sollte, antwortete jedoch in den weiten Ausschnitt der Kellnerin hinein, dass er Gänsebrüstchen in Rotweinsauce und Knödel bestellt habe.

Weinselig vor sich hin lächelnd erwartete er daraufhin die Rechnung, erhielt stattdessen jedoch zu seiner Verwunderung nach 10 Minuten noch einmal die von ihm so geschätzten Gänsebrüstchen in Rotweinsauce und Knödel. Auf seinen Einwand hin, dass es sich hier um ein Missverständnis handeln müsse und sein momentaner Bedarf an Gänsefleisch gestillt sei und er partout nicht zweimal dasselbe bezahlen werde, erwies sich die eben noch so freigiebige Kellnerin als gar nicht mehr so freigiebig und weigerte sich strikt, das Gericht wieder zurück in die Küche zu befördern. Erst die energische Intervention von Direktor Hürsch beim Küchenchef höchstpersönlich konnte hier Klarheit herbeiführen und Hackenkleber vor dem finanziellen Ruin bewahren.

Von derlei Verwirrungen und Verirrungen wenig berührt waren die beiden Referendare. Sie aßen ihre Platte für zwei Personen fast gänzlich auf, steckten ihre Köpfe zusammen und schienen sich gut zu amüsieren, wobei das Thema Bundeswehr keinerlei Rolle spielte. Insbesondere Lorenz Müller staunte über die freundliche Unbefangenheit seiner Referendarkollegin. In der Schule war sie ihm bisher eher zurückhaltend gegenübergetreten. Anfangs hatte er dies als eine gewisse Blasiertheit einer hübschen Golf GTI-Fahrerin aus gutem Hause gegenüber einem weniger vom Schicksal Beschenkten interpretiert, hatte jedoch nach einer Weile erkannt, dass sich hinter dieser scheinbaren Unnahbarkeit eine durchaus nette, gar nicht immer so selbstsichere junge Frau verbarg.

Inzwischen waren die Musiker in Aktion getreten und spielten flotte Foxtrottrhythmen. Frau Dr. Ochsenknecht kniff die Lippen zusammen und hoffte inbrünstig der Kelch der Blamage möge gnädig an ihr vorübergehen und ihr Direktor würde seine Sekretärin oder Oberstudienrätin Salzig oder notfalls auch seinen Stellvertreter Sause zum Tanze bitten. Doch Hürsch machte seine zuvor angedeutete Drohung wahr. Er stand auf, knöpfte sich das Jackett zu und näherte sich seiner dienstältesten Kollegin. Galant bat er sie um den ersten Tanz. Da half kein flehentlicher Blick, keine Versicherung, sie sei des Tanzens unkundig, denn Hürsch war ein Gentleman. Er wusste, was sich gehörte. Gerade ältere, im Dienst ergraute Kolleginnen bedurften der besonderen Fürsorge ihres Vorgesetzten. Alle Augen waren auf sie beide gerichtet, als sie sich der Tanzfläche näherten.

Zum Glück war diese nicht ganz leer, sondern es befanden sich bereits drei Paare, andere Gäste des Ausflugslokals, auf der Tanzfläche. Ihm nochmals im Flüsterton zuraunend, dass er ein hohes Risiko einginge, wenn er mit ihr, einer Tanz-Analphabetin, tanzen wolle, zog sie ihn in die hinterste Ecke des Tanzbodens und überließ sich ihrem Schicksal. Und siehe da, Hürsch erwies sich als geübter Tänzer, der sich auch mit einer Tanz-Analphabetin sicher über das glatte Parkett bewegen konnte, indem er sie eng an sich zog und nur kleine Schritte machte. Sie musste nur seinen Bewegungen folgen. Nach vier Tänzen - sie hatte mit dem totalen Kollaps nach dem ersten Tanz gerechnet - führte er sie ritterlich an ihren Platz zurück und bedankte sich unter dem höflichen Applaus der Kollegen artig für das ihm gewährte Vergnügen. Frau Dr. Ochsenknecht war schon lange nicht mehr so beschwingt und glückselig gewesen.

Derweil versuchte Oberstudienrat Unruh zunehmend verzweifelt mit Frau Hasensterz ins Gespräch zu kommen. Doch die schien deutlich mehr Gesprächsstoff mit ihrem Nachbarn zur Rechten, Herrn Sause, zu haben, da dieser ein großer Fan von akademischen Studienreisen war und gerne davon erzählte. Wollte sich Unruh nicht nur mit seinem Weinglas unterhalten, blieb ihm daher nichts anderes übrig, als sich seinen beiden anderen Tischnachbarn zu seiner Linken, Herrn Hackenkleber und Frau Dr. Ochsenknecht, zu widmen.

Älteren Kolleginnen gegenüber war er zwar grundsätzlich zuvorkommend, aber die persönlichen Kontakte kamen selten über einige Höflichkeitsfloskeln hinaus. Mit Hackenkleber hingegen verband ihn eine herzliche, auf Gegenseitigkeit beruhende instinktive Antipathie. Unruhs Interessenschwerpunkte waren neben schlanken, jungen Frauen vor allem schnelle Autos, Hackenkleber interessierte sich mehr für die Politik der Neuzeit und füllige Frauen und beider Unwägbarkeiten, so dass sich auch hier die kommunikativen Berührungspunkte in Grenzen hielten. Da die hieraus resultierenden Monologe zunehmend kürzer und die dazwischenliegenden Gesprächspausen zunehmend länger wurden, traten bei allen beiden alsbald Ermüdungserscheinungen zutage, die sich auch durch gesteigerten Weingenuss nicht bannen ließen.

Auf der gegenüberliegenden Seite des Tisches füllte Melchior seiner Gesprächspartnerin Salzig gerade zum zweiten Mal und sich selbst zum vierten Mal das Weinglas. Ob er immer so viel trinken würde, fragte ihn Salzig. „Wein macht lustig“, entgegnete dieser. So sehe er aber gar nicht aus, meinte Salzig. Er sähe eher irgendwie kummervoll aus. „Aha, da spricht die Gattin des Diplompsychologen“, brummte Melchior. „Ach komm, lass mal den Diplompsychologen schön beiseite, Kristjan. Wir kennen uns doch nicht erst seit gestern“, antwortete seine Personalratskollegin. „Außer deinem übertriebenen Harmoniebedürfnis hast du noch zwei weitere gravierende Fehler.“ Melchior blinzelte sie an. „Und die wären?“ „Du bist zu stolz und kannst nicht tanzen.“ Melchior musste lachen. Sie lehnte sich zurück und schaute ihn an. „Beweise mir das Gegenteil!“, sagte sie.

„Jawohl!“, mischte sich Hürsch ein, der seine Ohren überall zu haben schien. Wenn Melchior nicht augenblicklich seine Kollegin zum Tanz bitte, würde *er* die Sache in die Hand nehmen. „Dancing is one of the few possibilities where you can put your hands all over a lady´s body for some minutes and at the end she even thanks you for it", raunte er Melchior augenzwinkernd zu. Hürsch war zwar schon zu seinen Schulzeiten in den lebenden Fremdsprachen nie eine Leuchte gewesen, doch solche Sprüche hatte er problemlos in seinem Gedächtnis abgespeichert. Salzig, die den mitunter derben Humor ihres Vorgesetzten bei solchen feuchtfröhlichen Gelegenheiten kannte und ihn zu nehmen wusste, lachte höflich. Also stand Melchior schon leicht schwankend auf und schritt mit seiner Kollegin zur Tanzfläche.

Früher war er mal ein ganz passabler Tänzer gewesen. Im Verlauf seiner fünfzehnjährigen, wenig tanzfreudigen Ehe waren seine diesbezüglichen Fähigkeiten jedoch mehr und mehr verkümmert. Dennoch behauptete Salzig, dass er richtig gut tanzen könne, er müsse die Dame nur etwas enger führen. Nach kurzem, verlegenem Zögern tat er wie ihm geheißen. Durch ihr Kleid hindurch spürte er ihren weichen Körper. Obwohl die Musik ziemlich laut war, ermöglichte die größere Nähe zum Tanzpartner zudem eine zumindest rudimentäre Kommunikation. Plötzlich fühlte er, wie eine wohlige, lange nicht mehr gekannte Wärme durch ihn hindurch zog.

Als die nächste Tanzpause begann, hakte sie sich bei ihm unter und sie steuerten wieder ihren Tisch an. Kurz bevor sie ihn erreichten, zog sie ihn jedoch in Richtung der Terrassentür. Sie hätte jetzt einfach das Bedürfnis, sich mit ihm draußen an der frischen Luft einmal in aller Ruhe zu unterhalten, sagte sie, ohne dieses Stimmengewirr der Kollegen und ohne die großen Ohren des Direktors neben ihnen.

Was genau auf der Terrasse zwischen ihnen besprochen wurde, entzieht sich der Kenntnis des Berichterstatters. Mit an Sicherheit grenzender Wahrscheinlichkeit war es jedoch nichts Schlimmes, denn als beide wieder den Speisesaal betraten, konnte man - wenn man genauer hinsah – in Frau Salzigs Augen ein merkwürdiges Leuchten sehen. Ihre Lippen umspielte ein leichtes Lächeln. Melchiors Blick hingegen war eher nach innen gerichtet, wobei er aber nicht unglücklich, sondern lediglich nachdenklich wirkte.

Auf der Heimfahrt im Bus weit nach Mitternacht stand Hürsch auf und ergriff ein letztes Mal das Wort. Entweder hatte das Mikrophon einen Schaden oder seine Ausspracheklarheit hatte im Laufe des feuchtfröhlichen Abends gelitten. Man konnte auf jeden Fall nicht alle seine Worte verstehen. Aber es wurde immerhin deutlich, dass er seiner Freude Ausdruck verleihen wollte, dass sich seiner Beobachtung nach alle Kollegen gut unterhalten und die meisten auch gut getrunken hätten. Außerdem wisse man jetzt, dass man seinem Imperator in Rom und natürlich auch am Sankt-Laurentius-Gymnasium in Daun stets den ihm gebührenden Respekt schulde und dass der gute, alte Karl Marx, wie Kollege Dittelbrunn ihm mitgeteilt habe, keineswegs tot sei, sondern in seiner weitverzweigten Nachkommenschaft in Trier und der Eifel weiterlebe.

Als er dieser Erkenntnis Ausdruck verliehen hatte, schoss der Bus in eine scharfe Rechtskurve und Hürsch, zu dieser fortgeschrittenen Stunde ohnehin alles andere als standsicher, hätte um ein Haar auf dem Schoß von Busfahrer Kiffges Platz genommen. Ob dieser von einem für den Rest der Fahrt auf seinem Schoss sitzenden Direktor besonders erbaut gewesen wäre, darf bezweifelt werden, war dieser Platz doch per Dauerabonnement allein seiner korpulenten Gattin vorbehalten. Doch dank der geistesgegenwärtigen Reaktion des vor seinem unmittelbaren Vorgesetzten sitzenden Sause, der blitzschnell und nachhaltig nach Hürschs Hosenlatz griff, konnte Schlimmeres verhindert werden.

Mit verkniffenen Gesicht, aber so als wäre nichts passiert, fuhr Hürsch fort, dass man zu guter Letzt auch erfahren hätte, was für ein Spitzbube Nero gewesen sei und letzteres sei gerade für die erzieherischen Bemühungen im Schulbetrieb von unschätzbarem Wert, müsse man doch den Heranwachsenden immer wieder klar machen, wie böse es sei, die eigenen Verwandten umzubringen und wie wertvoll es deshalb sei, Selbstzucht und Demut möglichst frühzeitig einzuüben.

Von derlei tiefschürfenden Lebensweisheiten bekam Frau Dr. Ochsenknecht nichts mehr mit, da sie während der gesamten Rückfahrt selig schlummerte. Sie träumte, ein großer, starker Zenturio würde mit ihr über eine weite Tanzfläche schweben, an deren Rand Hunderte römische Miles Beifall spendend mit ihren Schwertern auf ihre Schilde schlugen.

Auf der anderen Seite des Ganges hielt sich derweil Adam Unruh eine der von Busfahrer Kiffges bereitgelegten Brechtüten vor den Mund, da er aus schierem Frust mindestens zwei Flaschen Wein alleine in sich hineingeschüttet hatte und er Busfahrten sowieso nicht gut vertrug. Es darf allerdings vermutet werden, dass Kiffges bezüglich seines immer vorhandenen Vorrats an Brechtüten weniger das Wohlergehen seiner Fahrgäste am Herzen lag, sondern vielmehr die Sauberkeit seiner Polstersitze.

Referendar Müller und Referendarin Hoppenwerth saßen zwei Sitzreihen vor ihnen händchenhaltend nebeneinander und schienen momentan ebenfalls wenig Interesse für erzieherische Bemühungen, egal welcher Art, zu haben. Sie waren der lebende Beweis dafür, dass Hauptmänner der Bundeswehr nicht immer und überall militärstrategisch die Oberhand behielten.

Alexandra Salzig aber sah ziemlich verloren aus. Sie wunderte sich, dass Melchior sich hinter sie und nicht neben sie gesetzt hatte. Sie hatte angenommen, dass er ihre Sympathiebekundungen für ihn und ihre Andeutungen über die eigene abgestumpfte Ehe verstehen würde. Sie hatte sogar Verständnis für Melchiors Liebe zu seinen Kindern gezeigt und dafür, dass er sie niemals verlassen würde. „Gerade das schätze ich an dir, Kristjan“, hatte sie gesagt, „aber vielleicht kann man sich nach den wöchentlichen Personalratssitzungen auch einfach mal so …“

In dem Moment spürte sie, dass ihre Füße, welche sie unter die Sitzbank geschlagen hatte, von hinten sachte berührt wurden. Sie erwiderte die Berührung.

Pausenaufsicht

Mathematiklehrer Dittelbrunn freute sich auf die nächste große Pause. Die vergangene Unterrichtsstunde in seinem Grundkurs 12 war wenig anregend verlaufen. Viele der Schüler waren das Wochenende über am Nürburgring gewesen, wo das alljährliche Musikfestival *Rock am Ring*, inoffiziell auch Sauf am Ring, stattgefunden hatte, so dass die allgemeine Aufmerksamkeit zwecks Wissenserwerb gen null und das allgemeine Schlafbedürfnis zwecks dringend benötigter Erholung gen hundert tendierte.

Zu Beginn der ersten Stunde hatte Dittelbrunn noch versucht, einzelne Schüler zur Mitarbeit zu bewegen. Aber da er bei den Jugendlichen nur stumpfe Blicke aus rotgeränderten Augen, verständnisloses Kopfschütteln oder dickfällige Grunzlaute erntete, hatte er es schließlich demoralisiert aufgegeben und sich für den Rest der Stunde nur mit Helmut, der in Mathematik stets die beste Arbeit schrieb, unterhalten. Der war nämlich am Wochenende nur auf dem 70. Geburtstag seines Opas mütterlicherseits gewesen und hatte dort Erdbeerkuchen mit Schlagsahne gefuttert. Und statt Bier und Joints hatte es dort Kakao und Salzstangen gegeben.

Dieser fast geniale, aber bei seinen Mitschülern nicht sehr beliebte junge Mann hatte auch in allen anderen Fächern sehr gute Noten, nur in Sport bekam er regelmäßig eine Vier minus. Einmal hatte er beim Bockspringen den Bock umgerannt, das andere Mal war er bei einer Barrenübung so unglücklich zwischen den Barren hindurch gefallen, dass der Krankenwagen gerufen werden musste.

Zur Erleichterung seines Sportlehrers hatte sich der schwergewichtige Junge - wie sich später herausstellte - jedoch nur das Steißbein geprellt. Nach vier Tagen war er wieder in der Schule erschienen. Sein unnatürlich aufrechter Gang während der darauffolgenden zwei Wochen hatte jedoch Zeugnis von der Heftigkeit seines Sturzes gegeben. Aber da er nach langem Üben immerhin drei Purzelbäume vorwärts beherrschte und auch sonst keinerlei Disziplinprobleme im Sportunterricht bereitete (im Gegenteil: am Ende jeder Stunde, wenn alle anderen sich schon verkrümelt hatten, half er stets sehr beflissen, die verschiedenen Sportgeräte wieder an Ort und Stelle zu befördern), bekam er immer seine Vier minus.

Die einzige Abwechslung während der Stunde war eine Warnung des Direktors gewesen, welche dieser über die erst kürzlich in den Klassenräumen installierten Lautsprecher kundtat. Es müssten auf dem Schulgelände einige der älteren Bäume gefällt werden, so sagte er, deshalb sei nur der untere Bereich des Schulhofes zwecks leichterer Beaufsichtigung zu benutzen. Die Hofaufsicht solle unbedingt die Einhaltung dieser Anweisung kontrollieren.

Die Lautsprecheranlage war unter anderem auch deshalb installiert worden, um bei drohender Gefahr alle Klassen unverzüglich warnen zu können, denn selbst in Daun in der Eifel könnte ja ein islamistischer Terrorangriff oder ein Amoklauf eines durchgeknallten, kurz vorher von der Schule geflogenen Schülers nicht gänzlich ausgeschlossen werden. Aus Sicherheitsgründen konnten auch die Türen nur noch von innen geöffnet werden, so dass die erste Schulstunde regelmäßig durch das Klopfen zu spät kommender Schüler und das Öffnen der Tür durch den genervten Lehrer unterbrochen wurde.

Dittelbrunn konnte hierüber nur missbilligend sein schon fast kahlköpfiges Haupt schütteln. In seiner Schulzeit hatte die einzige Gefahr darin bestanden, dass der von unerklärlichem Lärm aufgeschreckte Schulleiter plötzlich von außen die Tür aufriss und eine Klasse bei der Aufführung eines Hottentottentanzes oder ähnlicher lehrplanferner Darbietungen sowie einen machtlosen Lehrkörper erblickte.

Nun jedoch wies er in Unterstützung der direktoralen Anweisung noch schnell auf das Gewicht einer umfallenden Eiche und die Zerbrechlichkeit eines schmalen Schülerrückens hin, vergaß darüber das obligatorische Eintragen der Unterrichtsinhalte der Stunde ins Klassenbuch und eilte geschwinden Schrittes dem Lehrerzimmer entgegen. Am Vortag hatte dort am Schwarzen Brett ein Zettel darauf hingewiesen, dass drei Kollegen (Herr Sause, Frau Salzig und Frau Fassbier) anlässlich ihrer in der vergangenen oder dieser Woche gefeierten Geburtstage ein kleines Frühstück für ihre ausgehungerten Kollegen bereitstellen würden. Dies gehörte zu den angenehmeren Traditionen des Sankt-Laurentius-Gymnasiums, auch wenn man dabei nicht immer das tatsächliche Alter der jeweils betroffenen weiblichen Mitglieder des Kollegiums erfuhr.

Als er das Lehrerzimmer betrat, staunte er. Das kleine Frühstück bestand aus diversen Arten von Brötchen, Butter, gekochten Eiern, Mettwürstchen, Frikadellen, gebratenem Schinken, Lachs auf Pumpernickelscheiben, Gläsern mit Kaviar, drei großen Platten mit verschiedenen Wurst- und Käsesorten, Schalen mit Gürkchen und Oliven sowie Erdbeermarmelade nebst Kaffeekannen und Karaffen mit Orangensaft. Das reichte ja bis Weinachten!

Deutlich besser gelaunt als noch vor fünf Minuten in der Klasse nahm Dittelbrunn an der Breitseite des langen Tisches Platz und bediente sich. Da seine Frau ihn schon am frühen Morgen wegen irgendwelcher Belanglosigkeiten angemeckert hatte, war er gereizt ohne Frühstück zur Schule gefahren und deshalb entsprechend hungrig. Er goss sich eine Tasse dampfenden Kaffee ein und bat seinen neben ihm sitzenden Kollegen Knolle, ihm für die aufgeklappten Hälften seines Roggenbrötchens die Butter, den Kaviar und den Schinken zu reichen.

Gerade als er sich entspannt zurücklehnte und im Begriff war, das Kaviarbrötchen zum Mund zu führen, ging die Tür auf und ein sichtlich erzürnter Direktor Hürsch trat ein und fragte mit donnernder Stimme, wo Herr Dittelbrunn sei. Er hätte Hofaufsicht und müsse verhindern, dass Schüler beim Fällen der Bäume im Schulgarten zu Schaden kämen. Verdattert in die Runde blickend ließ Dittelbrunn sein Kaviarbrötchen am

Leben, stand auf, murmelte etwas von einem Büffet, das ihn überwältigt und abgelenkt habe und eilte zur Tür. Die anderen Lehrer schauten ihrem manchmal etwas desorientiert wirkendem Kollegen teils mitfühlend, teils amüsiert hinterher.

Auf dem Schulhof vergnatscht vor sich hinblickend, zürnte Dittelbrunn innerlich mit Hürsch. Feingefühl schien wahrlich nicht die Stärke seines Vorgesetzten zu sein. Ein leichter Klaps auf die Schulter und eine freundliche Ermahnung in gedämpfter Lautstärke hätten das gleiche Ergebnis bewirkt und ihm die peinliche Szene erspart. Außerdem, was sollte das Fällen von Bäumen. Die waren schön anzuschauen und spendeten im Sommer Schatten. Nur weil vielleicht einmal ein kleiner Zweig auf einen Schüler herunterfallen könnte, musste man doch nicht gleich den ganzen Baum fällen. Diese anscheinend überall im Lande zunehmende Angst vor allen nur denkbaren Gefahren ging ihm auf die Nerven.

„Nun gut, Vorgesetzte müssen hin und wieder den Kompaniefeldwebel raushängen lassen“, dachte er, „sonst werden sie vielleicht vom Rest der Mannschaft irgendwann vergessen.“ Er war sich sicher, dass, wenn er am Ende der Pause wieder das Lehrerzimmer betreten würde, die leckersten Sachen aufgegessen sein würden. Hürsch war für seine schnell wechselnden Gemütslagen und seinen stets präsenten Appetit, der im umgekehrten Verhältnis zu seiner Körpergröße stand (mit Schuhen 1,64 m), bekannt. Vielleicht hätte er sich doch noch schnell beim Aufstehen eine Frikadelle in die Hosentasche stecken sollen. Dann würde sein Magen jetzt nicht so knurren.

In dem Moment kam Frau Oberstudienrätin Süßmut direkt auf ihn zu. Sie hatte offensichtlich erst zur dritten Stunde Unterricht und kam vom hinteren Parkplatz, wo sie ihr seit kurzem demoliertes Auto (sie war beim Rückwärtssetzen mit Schwung gegen den Wagen ihres Nachbarn gefahren) abgestellt hatte, über den Schulhof zum rückwärtigen Eingang des Hauptgebäudes der Schule. Da sie vor allem Latein unterrichtete, hatte sie, ähnlich wie Dittelbrunn selbst, meist nur leichtes Marschgepäck dabei. Während etwa Deutsch- oder Erdkundelehrer oft zwei Taschen voller Bücher, Photokopien und Atlanten mit sich herumschleppten, genügte Latein- und Mathematiklehrern in der Regel eine schmale Konferenztasche.

Wahrscheinlich wollte sie mal wieder eine ihrer bissigen Bemerkungen über die Schulleitung, quasi als

Einstimmung auf den bevorstehenden Unterricht, loswerden. Dittelbrunn schaute ihr erwartungsvoll entgegen. Doch mit einem frostig dahin geraunzten „Morgen“ stolzierte sie schnurstracks an ihm vorbei, wobei sich fast ihre Kleidung berührte und er ihr durchaus teuer anmutendes Parfüm riechen konnte.

Am Anfang hatte ihn dieses Verhalten seiner Kollegin irritiert, doch inzwischen kannte er Frau Süßmut. Er wusste auch, dass sie im Verlauf des Tages kein zweites Mal grüßen würde. Das schien ihr Credo zu sein! Was sollte dieses ständige alberne Zunicken und falsche Anlächeln beim Begegnen auf den langen Schulkorridoren. Dass Grüßen, auch mehrmaliges Grüßen und freundliches Lächeln, durchaus eine sinnvolle Komponente eines harmonischen Miteinanders in einem ansonsten komplizierten und manchmal spannungsgeladenen Sozialgefüges sein können, wollte sie nicht wahrhaben.

In Gesprächen mit Kollegen war sie ebenfalls wenig auf Diplomatie bedacht. Direkt, gradlinig und im Zweifelsfall schroff stieß sie ein ums andere Mal verdutzte Mitmenschen vor den Kopf. Dabei war sie vermutlich eine ehrliche Haut, die auch bei Gesamtkonferenzen ohne Rücksicht auf Verluste deutlich ihre Meinung kundtat, selbst dann, wenn sie mit dieser allein auf weiter Flur dastand. Schülern gegenüber konnte sie - zwar nicht immer, aber hin und wieder - eine erstaunliche pädagogische Sensibilität an den Tag legen, wenn ihr dies im Einzelfall erforderlich erschien. Dennoch war sie auch hier normalerweise wegen ihrer klaren, oft brüsken Art gefürchtet.

Dittelbrunn hatte sich im Laufe der Zeit an Frau Süßmut gewöhnt. Er lobte ihr gegenüber ihre meist richtige Einschätzung von Schülern, gelegentlich auch ihre Frisur oder ihr Parfüm, und ging ansonsten allen Konfrontationen mit ihr aus dem Weg. Er hätte in Streitgesprächen mit ihr ohnehin den Kürzeren gezogen. Dessen war er sich bewusst.

Sein Blick folgte ihrem federnden Schritt. Als sie die Schule betrat, konnte er durch die verglaste, zum Hof zeigende Fassade des Hauptgebäudes sehen, dass offensichtlich die Hausaufsicht ebenfalls ihrer Pflicht nicht nachgekommen war, denn das Foyer und das Treppenhaus waren noch voller Schüler. Sie hätten längst aus dem Gebäude an die frische Luft befördert werden müssen. Seines Wissens war der hier Schuldige der ältere Kollege Rumpel. Wahrscheinlich saß der jetzt vor einer Tasse Tchibo - Beste Bohne und einem Schinkenbrötchen mit Ei und ließ es sich gut gehen.

Dieser Kollege vergaß permanent seine Hausaufsicht. Man hatte manchmal den Eindruck, Rumpel würde, je näher seine Pensionierung rückte, immer debiler werden. Aber das konnte auch täuschen. Neulich hatte er sich auf einem Kollegenausflug wieder einmal länger mit ihm unterhalten und nicht das erste Mal festgestellt, dass dieser Kollege durchaus hintergründig humorvoll und philosophisch sein konnte.

Eigentlich konnte er Rumpel ganz gut leiden, auch wenn sie fachlich wenig miteinander zu tun hatten. Leben und leben lassen, das war Dittelbrunns Devise. Jeder hatte schließlich seine Eigenarten. Neulich hatte ihm eine Mutter auf dem Elternsprechtag anvertraut, dass auch er bei den Schülern als etwas verpeilt angesehen würde. Ob sie dies aus purer Bosheit oder aus Menschenfreundlichkeit gesagt hatte, konnte er nicht eindeutig beurteilen. Auf jeden Fall hatte er länger darüber nachdenken müssen.

Angestrengt überlegte er nun, was Priorität habe: die noch im Gebäude befindlichen Schüler auf den Pausenhof zu schicken oder einmal bei den Baumfällarbeiten nach dem Rechten zu sehen. Er entschied sich für das Letztere, da hier das Gefahrenpotential das eindeutig größere zu sein schien. Als er um die Ecke des langgestreckten Hauptgebäudes der Schule bog und so vom Schulhof in den großen Schulgarten kam, sah er, wie die Männer des Forstbetriebes Franciszek Wojciechowski, vor einiger Zeit noch in Polen, jetzt im Rahmen der EU-Freizügigkeit in der Eifel ansässig, gerade der alten Eiche zu Leibe rückten.

Neugierig standen, entgegen der direktoralen Anweisung, zahlreiche Schüler der unteren Klassen dabei. Dittelbrunn wollte sie gerade verscheuchen, als der direkt neben ihm stehende, Otmar, den seine Eltern eigentlich Ottokar hatten nennen wollen, dies aber behördlich nicht genehmigt bekommen hatten, laut rief, dass zu Beginn der Pause die kleine Sophie-Margareta, ein schulbekannter Tausendsassa, auf den Baum geklettert sei, um ziemlich weit oben nach feindlichen Indianern (Schüler des Nachbargymnasiums!) Ausschau zu halten.

„Stopp, halt, aufhören“, schrie daraufhin Dittelbrunn noch viel lauter. Doch die polnischen Arbeiter des Forstbetriebes Franciszek Wojciechowski verstanden wegen des ohrenbetäubenden Lärms ihrer Motorsäge und der Ohrenstöpsel in ihren Ohren nicht einmal *stacja kolejowa* (poln.), was auf Deutsch so viel wie *Bahnhof* bedeutet, sondern *absolutnie nic* (poln.), was so viel wie *absolut nichts* bedeutet, und sägten frohgemut weiter.

Daraufhin sprang der ansonsten eher zurückhaltende Dittelbrunn löwenherzig nach vorne, erfasste mit einer Hand die Motorsäge und zeigte mit der anderen wild fuchtelnd auf die Baumkrone. Sofort verstummte die Motorsäge und die beiden Männer schauten ihn entgeistert an. Sie waren sich nicht darüber im Klaren, ob sie es hier mit einem baumliebenden Öko-Fundamentalisten oder nur mit einem übergeschnappten Lehrer zu tun hatten. Im ersten Fall wäre wohl ein kräftiger Tritt in den Hintern, im zweiten Fall eher gütiges Zureden - egal in welcher Sprache - angebracht. Als sie jedoch sahen, dass auch alle Schüler auf die Baumkrone zeigten, schauten sie ebenfalls nach oben. Und tatsächlich, ganz oben, von Blättern und Zweigen teilweise verdeckt, saß Sophie-Margareta auf einer Astgabelung. Sie hielt nun nicht mehr mutig nach Indianern Ausschau, sondern blickte ziemlich angstvoll herab.

„Komm bitte sofort runter“, rief Dittelbrunn ihr zu. „Ich kann nicht, ich bin so schlottrig“, kam es von oben zurück. „Aber du bist doch hochgekommen, da musst du doch auch wieder runterkommen können“, beschwörte sie Dittelbrunn fast flehentlich. „Und was ist, wenn ich runterfalle und tot bin? Dann verhaut mir mein Vater den Hintern.“ „Ach was, du bekommst von mir eine Tafel Schokolade. Du musst dich nur immer gut festhalten“, ließ Dittelbrunn, der nun selber zunehmend panisch wirkte, sie wissen. Es half nichts. Schließlich kletterte einer der polnischen Forstarbeiter, ein kräftiger junger Mann, auf den Baum und brachte das kleine verängstigte Mädchen sicher nach unten.

Mittlerweile hatte sich fast die halbe Schülerschaft unter der alten Eiche eingefunden und spendete tosenden Applaus ob dieser Heldentat. Der Pole schaute verlegen. So etwas war ihm in Deutschland noch nicht widerfahren. Dittelbrunn, der schon einmal am Polenaustausch seiner Schule in Leo Gora (das frühere deutsche Löwenberg) teilgenommen hatte und die polnische Vorliebe für das gegenseitige Küssen eher widerspenstig als begeistert über sich hatte ergehen lassen, gab dem Forstarbeiter links und rechts inbrünstige Küsse und wollte ihn gar nicht mehr loslassen, bis der junge Mann ihn schließlich gutmütig grinsend auf Abstand brachte. Außerdem schrillte die Pausenklingel über den Schulhof und das bedeutete, dass nun wieder Unterricht und nicht Küssen auf dem Stundenplan stand.

Kreuzfahrt mit Kollegen

Auf dem Kollegenausflug nach Trier hatte Sause einigen seiner Kollegen von seinen zahlreichen Kreuzfahrten in allen Teilen der Welt vorgeschwärmt. Besonders interessiert hatten sich dabei die Kollegen Pelzig, Rumpel, Knolle und Melchior gezeigt. Recht spontan beschloss man zu fortgeschrittener Stunde und in schon weinseliger Stimmung, in den kommenden Sommerferien einmal gemeinsam eine Ostsee-Kreuzfahrt zu unternehmen, vorausgesetzt die jeweils bessere Hälfte erhob keine schwerwiegenden Einwände.

Sause, der Urheber dieser Idee, zog sich jedoch dann wieder dezent zurück. Als Erklärung gab er an, dass er sich Bildungserwerb und Erholung nur schwerlich im Rudel vorstellen könnte. Außerdem sei er froh, in den Ferien die lieben Kollegen einmal nicht täglich zu sehen.

Dies hielt die anderen jedoch nicht davon ab, an dem Gedanken eines gemeinsamen Urlaubs festzuhalten. Die Gründe dafür waren allerdings höchst unterschiedlicher Natur. Pelzig wollte wenigstens einmal ohne seine bessere Hälfte, einem reinrassigen Mops, in

Urlaub fahren. Rumpel hatte seiner besseren Hälfte schon seit Langem eine Kreuzfahrt versprochen und sah hier eine Möglichkeit, dieses Versprechen einzulösen. Knolle wollte ehemalige Ostblockländer schon immer einmal besucht haben und war daran gewöhnt, dass seine stets um Harmonie bemühte Frau sowieso nur in seltenen Fällen ein Mitspracherecht für sich in Anspruch nahm. Melchior schließlich hoffte, Charlotte würde sich in der Gesellschaft mehrerer Kollegenehepaare im Urlaub benehmen und ausnahmsweise mal keinen Streit vom Zaun brechen. So bekäme er seine dringend notwendige Erholung. Und wer weiß, vielleicht würde Charlotte ja in punkto Eheleben selbst jetzt noch, nach vielen gemeinsamen Jahren, durch die Beobachtung der anderen glücklicheren Paare das eine oder andere dazulernen können ...

Wie jeder nicht ganz weltfremde Bildungsbürger aus eigenem Erleben oder aus den Reiseberichten seiner Freunde und Bekannten mittlerweile weiß, setzt sich eine Kreuzfahrt im Wesentlichen aus vier Elementen zusammen: den Fahrten über das mehr oder weniger ruhige Meer (meistens nachts), Landausflügen in den Hafenstädten, dem Tages- und Abendprogramm an Bord und natürlich den Mahlzeiten, bestehend aus mindestens drei bis vier Gängen, dazu reichlich Wein oder andere flüssige Nahrung. Letzteres Element trägt dazu bei, dass fast jeder Urlauber während der Reise im Durchschnitt zweieinhalb Kilo zunimmt. Böse Zungen behaupten: täglich!

Nachdem man also die Ehefrauen (der Mops wurde nicht eingeweiht, sondern sollte ungefragt zwei Wochen zu Tante Mathilde aufs Land) von den Vorzügen einer Kreuzfahrt überzeugt hatte, einigte man sich auf einem gemeinsamen Vortreffen im Hause Rumpel nach eingehender Diskussion auf eine Ostsee-Kreuzfahrt mit der AIDAdiva. Man beschloss, während der Reise zumindest die Bordmahlzeiten gemeinsam einzunehmen. Die Nächte sollten getrennt verbracht werden und die Ausflüge bzw. das Programm an Bord wollte man je nach Bedarf und Interessenlage mal zusammen, mal individuell gestalten.

Mit zwei PKWs startete man also eine Woche nach Ferienbeginn frühmorgens Richtung Warnemünde, von wo das Schiff am nächsten Tag ablegen sollte. Das eine Auto gehörte Kristjan Melchior, das andere Siegfried Knolle. Bei dem klapprigen BMW Knolles hatten die Kollegen zwar leise Zweifel an dessen Fahrtüchtigkeit geäußert, Knolle hatte ihnen jedoch im Brustton der Überzeugung versichert, dass sein Oldtimer bestens gepflegt sei und er mit ihm schon ganz andere, viel weitere Fahrten unternommen habe. Melchior sollte mit seinem fast neuen Touran TSI allerdings nicht über 90 Stundenkilometer fahren, da könnte der Oldtimer nur schwerlich Schritt halten. Melchior, der schon früher mit seinem Studentenpolo selten mit weniger als 140 km Stundenkilometer auf der Autobahn unterwegs gewesen war, hatte nur leicht sein Gesicht verzogen, sich aber, da er ein höflicher Mensch war, jedes weiteren Kommentars enthalten.

Allerdings gab es für das so angepeilte Autorennen auch gar keine Alternative, denn Pelzig und sein Mops besaßen gar kein Auto und mit dem kurz vor seiner Pensionierung stehenden Rumpel wollte nicht einmal seine eigene Frau gerne mitfahren, nachdem er seinen alten Opel Omega B (Baujahr 1996) in letzter Zeit das eine Mal ganz ohne böse Absicht, aber mit Schwung gegen den die Außenwand der Kreissparkasse zierenden Geldautomaten gefahren hatte und er ein anderes Mal geistesabwesend das Bremspedal mit dem Gaspedal verwechselt und den Zaun des Nachbarn arg in Mitleidenschaft gezogen hatte.

Man war etwa acht Minuten im Schneckentempo unterwegs gewesen, als Rumpel einfiel, dass er wohl seinen Rasierapparat und seine Badehose zu Hause auf der Fensterbank des Schlafzimmers vergessen habe. Hinsichtlich des Rasierapparates beruhigte ihn seine immer mitdenkende Frau. Sie hatte in weiser Voraussicht seinen Reserverasierapparat eingepackt. Hinsichtlich der Badehose allerdings konnte sie nicht aushelfen, da sie nur zwei einteilige Badeanzüge (Körbchengröße H) dabeihatte und sich nur ungern ihren Gatten im AIDA-Swimmingpool darin vorstellen wollte. Also beschloss man, dass Melchior mit Hildegard Rumpel zurückfahren sollte, um die Badehose noch zu holen. Die anderen Reisenden sollten derweil auf dem nächsten Parkplatz warten.

Knolle wollte bereits seine erste Frühstückspause einlegen, kam jedoch nicht dazu, da Melchior und seine Beifahrerin schon nach knapp elf Minuten mit dem fehlenden Kleidungsstück wieder zurück waren. Frau Rumpel, die den rasanten Fahrstil Melchiors nicht gewohnt war, sah um ihre Nase herum recht blass aus. Dennoch dankte sie Melchior für seine flotte Fahrt, dankte im Geiste insgeheim aber noch mehr Knolles BMW für dessen Kurzatmigkeit. 90 Stundenkilometer schienen ihr nun durchaus angemessen zu sein. Schließlich hatte man sich vor dem Ablegen der AIDAdiva einen Tag Luft gelassen. Da konnte man ruhig auf der Hinfahrt ein wenig bummeln und die Landschaft genießen.

Da Knolle jedoch alle zwei Stunden seinem Oldtimer eine Ruhepause von einer halben Stunde gönnen wollte, weil die „alte Kiste sonst überhitzen würde“, zog sich die Fahrt und der diesbezügliche Landschaftsgenuss ziemlich in die Länge. Doch in Warnemünde - so wusste man - wartete ein komfortables Hotel auf sie, in dem man Zimmer für eine Nacht gebucht hatte. Das entspannte die zunehmend gestressten Nerven der Mitreisenden wieder etwas. Zwar hatte Knolle den gesalzenen Übernachtungspreis moniert, aber man hatte in der Nähe des Hafens kein anderes Hotel gefunden, in dem noch drei Doppelzimmer und ein Einzelzimmer frei waren. Seine Frau hingegen freute sich besonders auf die Luxusherberge mit opulentem Frühstücksbuffet, da sie bei ihrem Mann auf Urlaubsreisen und auch sonst nur wenig Luxus gewohnt war.

Als man schließlich gegen 23.00 Uhr In Warnemünde angekommen war, erklärte ihnen die freundliche, die Nachtschicht versehende Rezeptionsdame der Luxusherberge, dass man eines der Doppelzimmer bereits wieder vergeben hätte, da die Eincheckzeit ja längst vorbei sei. Frau Melchior, welche die Unterkunft organisiert hatte, konnte sich jetzt wieder vage an die E-Mail des Hotels erinnern, in der um einen Anruf oder sonstige kurze Mitteilung gebeten wurde, falls die vorgegebene späteste Ankunftszeit von 21.00 Uhr überschritten würde. Sie schaute zerknirscht ihren Mann an, der sich jedoch keiner Schuld bewusst war.

Das war Knolles Chance, sich als Gentleman zu erweisen. So konnte er geschickt die 140 € für das Doppelzimmer umgehen. „Das macht gar nichts", erklärte er großzügig: „Ich und meine Frau werden schon noch eine andere Möglichkeit der Übernachtung finden." Alle anderen waren ob dieser spontanen Entscheidung verdutzt. Die Vorstellung, um diese Uhrzeit spontan eine andere Übernachtungsmöglichkeit in dem in dieser Jahreszeit stark frequentierten Seebad aufzutun, erschien ihnen recht optimistisch.

Melchior, der den panischen Blick von Frau Knolle sah, reagierte prompt. Er würde sich mit Siegfried nach einer alternativen Schlafmöglichkeit umschauen. Frau Knolle hingegen könnte gerne mit seiner Frau das Zimmer teilen. Frau Knolle blickte ihn dankbar und sichtlich erleichtert an. „Na gut, wenn Kristjan unbedingt will", gab der überraschte Knolle sein brummiges

Einverständnis. Also wünschte man sich gegenseitig im Foyer des Hotels eine gute Nacht und trennte sich.

Draußen an der frischen Luft wollte Melchior von Knolle wissen, wo und wie er denn nun vorzugehen gedenke. „Ganz einfach“, entgegnete dieser, „wir gehen noch zwei Stunden in eine Kneipe, holen uns dann die beiden Decken aus meinem Auto und legen uns am Strand in einen Strandkorb.“ Melchiors Begeisterung hielt sich in Grenzen. Ob er denn nicht beim Bund gewesen wäre, wollte daraufhin Knolle wissen. Da hätte man auf den dreitägigen Durchschlagübungen doch auf freiem Feld noch viel unbequemer geschlafen.

Melchior hatte während seiner fünfzehnmonatigen Wehrpflicht bei der Luftwaffe nur einen ziemlich lauen Bürojob gehabt und wusste von Durchschlagübungen der kampfeslustigen Infanterie nur vom Hörensagen. Da er sich jedoch vor dem nach zahlreichen Wehrübungen zum Oberleutnant der Reserve avancierten Kollegen keine unnötige Blöße geben wollte und überdies nicht gleich schon zu Beginn der Reise Unfrieden stiften wollte, blieb ihm nichts anderes übrig, als sich mit Knolles Idee missmutig einverstanden zu erklären.

In einer Seitenstraße fand man denn auch zügig ein Lokal. An der Bar sitzend bestellte Knolle für sich und Melchior zur Einstimmung einen doppelten Wodka Gorbatschow. „So etwas führen wir hier nicht, Schätzchen", entgegnete der Barmann mit melodischer Stimme. Er könne aber für seine reizenden Gäste so manchen fruchtigen Cocktail herbeizaubern.

Knolle musterte ihn mit hochgezogenen Augenbrauen. Der junge Mann hatte eine blondierte, nach hinten gekämmte Frisur, eine Stupsnase mit Nasenstickern und an beiden Ohrläppchen Ohrringe. Sein tiefausgeschnittenes, perlenbesetztes Dekolletee, um das ihn so mancher Hollywood-Star beneidet hätte, zeigte eine nur spärlich behaarte Brust. „Ich glaube, wir sind hier falsch, Kristjan", konstatierte Knolle. Kristjan, der sich derweil umgeschaut hatte und nur Männer gesehen hatte, von denen sich einige händchenhaltend tief in die Augen blickten, stimmte ihm zu. Also stand man wieder auf, wünschte dem nun frustriert dreinschauenden Cocktailprofi alles Gute und begab sich erneut nach draußen.

In der nächsten Lokalität hatte man mehr Glück. Hinter der Bar bediente eine 25- bis 30-jährige Rothaarige mit wippender Oberweite und einen doppelten Wodka

Gorbatschow hatte sie ebenfalls im Angebot. „Kristjan, hier sind wir richtig", sagte der Oberleutnant der Reserve. Kristjan, dessen Blick gerade auf dem knackigen Po der freundlichen Bardame weilte, hatte kein Problem damit, dem Kollegen auch dieses Mal zuzustimmen.

Die hübsche Bardame - sie hieß Natalie - überzeugte nicht nur durch ihre Oberweite, sondern auch durch ihren Geschäftssinn. Sobald die Gläser der beiden Lehrkräfte auch nur halbwegs leer waren, sorgte sie fürsorglich für Nachschub. Gegen zwei Uhr schaute Melchior auf seine Armbanduhr und erklärte, dass er und sicherlich auch Knolle nach der langen Autofahrt jetzt ein wenig Schlaf nötig hätten. Knolle, der sich angeregt mit Natalie unterhalten hatte, war noch nicht zu dieser Überzeugung gelangt. Also blieb man noch eine halbe Stunde länger in der plauschigen Bar und verabschiedete sich danach per Handschlag von Natalie. Knolle gab ihr sogar ein Küsschen auf die bereitwillig hingehaltene rechte Wange. Die gesalzene Getränkerechnung von 67,50 € (aufgerundet auf 70,00 €) hatte Melchior beglichen. Das Teilen der Rechnung konnte bis zum nächsten Tag warten.

Draußen holte man zuerst die beiden Decken aus Knolles BMW und ging danach zügig in Richtung Ostsee. Auf dem Weg dorthin machte Knolle die nähere Bekanntschaft mit einem Blumenkübel und einer Straßenlaterne, welche ihm partout nicht ausweichen wollten, und fand dann aber nach kurzer Suche nahe der Strandpromenade einen Strandkorb, den seine vorherigen Nutzer unverschlossen gelassen hatten. Diesen brachte man in seine hinterste Position und legte sich danach - jeder in seine Decke gewickelt - zur Ruhe.

Melchior wachte, durch das laute Schnarchen Knolles gestört, mehrmals in der Nacht auf. Im Vergleich zu den Schnarchgeräuschen zu seiner Rechten dünkte ihm das leise Meeresrauschen zu seiner Linken harmonischer zu sein. Also legte er sich auf sein linkes Ohr und konzentrierte sich auf das Meeresrauschen in seinem rechten Ohr. Mittels einiger Entspannungsübungen versuchte er dann wieder einzuschlafen.

Diese hatte ihm seine Kollegin Salzig beigebracht. Was keiner wissen durfte, traf er sich nämlich schon seit ein paar Monaten gelegentlich nach Konferenzen oder ähnlichen Veranstaltungen mit dieser Dame an einem hier nicht näher zu beschreibenden Ort. Sie hatten nämlich irgendwann festgestellt, dass sie beide unglücklich verheiratet waren, und so hatte man sich zusammengefunden. Auch der geneigte Leser dieser Zeilen sollte diese vor aller Welt verborgenen Treffen der beiden nur menschliche Nähe und ein wenig Zärtlichkeit suchenden Menschen für sich behalten. Auch er könnte unter Umständen einmal in eine ähnliche Situation geraten!

Als Melchior am nächsten Morgen gegen 7 Uhr aufwachte, bemerkte er zu seiner Überraschung, dass er und ein an ihn gekuschelter, offensichtlich dicke Bretter sägender Knolle gemeinsam unter den beiden, nun aber übereinandergeschlagenen Decken lagen. Abrupt setzte Melchior sich auf, befreite sich von seinem sägenden Kollegen und ging an den Rand der sanft auf den Strand aufbrandenden Ostsee. Als er zum Strandkorb zurückkam, war auch Knolle aufgewacht und beklagte sich darüber, dass ihm plötzlich fröstelte und außerdem sein Schädel brummte.

„Da könnte ein Kännchen heißer Kaffee Abhilfe schaffen“, schlug Melchior vor. Also gingen sie in das Ortszentrum in ein schon bei Tagesanbruch für Frühaufsteher geöffnetes Café. Während sie dort saßen, erzählte Knolle, dass er in der Nacht von einem Alptraum aufgewacht sei. Er hätte geträumt, der bullige, über und über mit Tätowierungen verzierte Lebenspartner der so netten Bardame wäre auf ihn zugekommen und hätte gedroht, ihn mit einem Blumenkübel beschwert an einem Laternenpfahl aufzuhängen, sollte er noch einmal wagen, seine Verlobte zu küssen. Außerdem wäre ihm kalt gewesen. Aber zum Glück hätte Melchior ja neben ihm gelegen. Er hätte wegen der doch recht niedrigen Nachttemperaturen dann beide Decken übereinandergeschlagen und sei nach einer gewissen Zeit wieder eingeschlafen.

Nachdem alle Reisenden wieder vereint waren - die einen ausgeschlafen und gestärkt durch die lukullischen Genüsse eines opulenten Frühstücksbuffets, die anderen unausgeschlafen mit Kaffee sowie Restbeständen von Wodka Gorbatschow im Magen - und die beiden Autos sicher auf dem AIDA-Parkplatz standen, galt es, gegen Mittag die erste Hürde an Bord der AIDAdiva zu nehmen: das Einchecken. Dies gelang allen ohne nennenswerte Mühe, nur Rumpel suchte eine viertel Stunde seinen Reisepass, konnte ihn aber schließlich mit Hilfe seiner Gattin in einer Innentasche seines Koffers finden. Von dem freundlichen Bordpersonal unterstützt, erreichten sie relativ schnell ihre gebuchten Kabinen. Die Ehepaare Rumpel und Melchior hatten Außenkabinen mit Balkon, Pelzig eine Außenkabine mit Fenster und das Ehepaar Knolle wegen des günstigeren Preises eine Innenkabine ohne Fenster und ohne Balkon.

Die erste Station auf der Kreuzfahrt war Tallin. Die Nacht zuvor wurde auf See verbracht. Leider lief dies nicht ganz ohne Komplikationen ab, denn am nächsten Morgen erschien Knolle zittrig und mit wirrem Haar zum Frühstück und erklärte, dass er keine Nacht länger in diesem Verlies verbringen würde. Eher würde er über Bord springen. Vor Platzangst hätte er kein Auge zubekommen. Er bräuchte unbedingt eine Kabine an der Außenseite des Schiffes.

Dies war zunächst etwas verwunderlich für die Mitreisenden, denn Knolle hatte keineswegs den Ruf, besonders ängstlich zu sein. Er war begeisterter Bergsteiger und hatte schon so manchen 4000er erklommen und auf einer Klassenfahrt nach Barcelona hatte er einmal eine Schülerin, welche entgegen den Anweisungen der Lehrkräfte bei starkem Seegang im Meer badete und plötzlich wegen eines Krampfes im Bein laut um Hilfe gerufen hatte, todesmutig wieder an Land geholt. Aber gegen akute Klaustrophobie war selbst ein Lebensretter und Oberleutnant d. Res. nicht gefeit.

Man schaute sich gegenseitig an und überlegte angestrengt, was zu tun sei. Schließlich entschied man sich für das Nächstliegende. Knolle sollte an der Rezeption nachfragen, ob er und seine Frau doch noch eine Außenkabine haben könnten. Dies tat er und erhielt statt seiner in der Mitte des Schiffes liegenden Innenkabine eine noch freie Außenkabine ganz vorne im Schiff.

In der Hauptstadt Estlands trennten sich die Wege der Reisenden. Das Ehepaar Rumpel und Pelzig hatten die klassische Stadtrundfahrt inklusive des Besuches eines am Stadtrand liegenden Freilichtmuseums gebucht. Melchior und seine Frau engagierten einen Privatchauffeur, um ein 30 km von Tallin entfernt liegendes ehemaliges Gut zu besuchen, das früher einmal über viele Generationen der baltendeutschen Familie Melchior gehört hatte, bevor sie durch eine radikale Bodenreform ihr Gut verloren hatten und nach Deutschland emigriert waren. Nach ihrer Rückkehr wollten sie dann zu Fuß durch das romantische Tallinn bummeln. Und die beiden Knolles fuhren nach einem kurzen Abstecher in die historische Innenstadt mit der Straßenbahn zum Kriegshafen der estländischen Marine, um dort ein ausrangiertes Minensuchboot, nun als Museumsschiff dienend, und ein U-Boot zu besichtigen. Das war nicht unbedingt der Herzenswunsch von Elsbeth Knolle gewesen, aber harmoniebedürftig, wie sie war, hatte sie schon seit einiger Zeit aufgehört, eigene Wünsche in den Vordergrund zu stellen.

Später am Abend traf man sich dann wieder in einem der drei Restaurants an Bord. Alle berichteten von ihren Tageserlebnissen. Pelzig erzählte, dass er und Hildegard Rumpel am Ende des Besuches im Freilichtmuseum eine halbe Stunde lang deren Mann gesucht hätten. Schließlich habe man Hans neben einem dort estländische Volksmusik spielenden Musikanten schlafend auf einer Bank angetroffen. „Dadurch ist der uns begleitende Stadtführer zeitlich etwas aus dem Takt gekommen“, ergänzte Frau Rumpel mit einem besorgt-vorwurfsvollen Blick auf ihren Gatten.

Die Melchiors waren auf dem ehemaligen Gut der Familie Melchior auf einen alten estländischen Bauern getroffen, der nach der Wende Teile der Ländereien gepachtet hatte. Er hatte ihnen bei einem Glas *Saku Tume* (Dunkelbier) erzählt, dass seine eigene Großmutter noch als junges Mädchen bei den Melchiors in der Küche und auf dem Hof gearbeitet und bis ins hohe

Alter viel davon erzählt habe. Es sei ihr dort nicht schlecht gegangen. Einmal hätte sie einen extra aus Frankreich bestellten Blauschimmelkäse, in der Annahme der Käse sei beim Transport schlecht geworden, weggeworfen. Der alte Herr Melchior aber habe, nachdem ihm dies zugetragen worden war, nur laut gelacht und neuen Roquefort aus Frankreich kommen lassen.

Als die Melchiors wissen wollten, warum er so gut Deutsch sprechen könne, habe der Bauer geschmunzelt und geantwortet, dass er dies als Kind von seinen Großeltern gelernt hätte. Damals wären viele ältere Esten neben dem Estländischen auch der deutschen Sprache mächtig gewesen. Und nach dem Beitritt Estlands zur EU im Jahre 2003 habe er seine Deutschkenntnisse mittels Fernstudium noch einmal aufgefrischt. Er sei ja jetzt sozusagen im Teilruhestand, seit sein Sohn größtenteils die Landwirtschaft übernommen habe.

Danach seien sie - so erzählten die Melchiors - auf den kleinen, nahegelegenen Dorffriedhof gegangen. Dort hätten sie noch sechs Grabsteine mit dem Familiennamen Melchior gefunden. Einer datierte sogar noch aus dem 17. Jahrhundert. Wie man den Grabinschriften noch entnehmen konnte, alles brave Leute: Kaufleute, Gutsbesitzer, auch ein Offizier.

Was Kristjan Melchior nicht sagte, war, dass er - sentimental wie er in bestimmten Momenten sein konnte - beim Anblick dieser Grabsteine feuchte Augen bekommen hatte und dass zu seiner großen Überraschung seine Frau sich plötzlich fest an sich gedrückt hatte. Sie hatte dies in ihrer unglücklichen Ehe schon lange nicht mehr getan. Aber sie wusste, welchen Stellenwert seine Familie für ihren Mann hatte. In ihrer eigenen Verwandtschaft herrschte eine andere Denkweise. Man arbeitete hart, war meist erfolgreich und genoss das Leben. Wer der Urgroßvater gewesen war, hatte keine Bedeutung. Man lebte im Hier und Jetzt und nicht in grauen Vorzeiten!

Einerseits forderte die genealogische „Schrulligkeit“ ihres Mannes Charlottes bissigen Spott heraus, andererseits war sie insgeheim aber fast etwas neidisch. „Wir Melchiors sind eben keine Eintagsfliegen, sondern denken familienbezogen und generationenübergreifend“, hatte Kristjan sie einmal belehrt und dann leicht resigniert hinzugefügt: „Aber jeder gibt seinem Leben den Sinn, der zu ihm passt.“ Ein Familienmensch war Kristjan zweifelsohne. Hinsichtlich eigener Bedürfnisse ziemlich anspruchslos würde er für seine Kinder alles tun. „Würde er für mich auch alles tun“, fragte sich Charlotte manchmal insgeheim, „nach all diesen trostlosen letzten Jahren ...?“

Am Schluss hätten sie mit dem Bauern noch mit einem Gläschen *Vana Tallinn* (Kräuterschnaps) auf die unverbrüchliche deutsch-estländische Freundschaft angestoßen, erzählten sie, und wären dann nach herzlichem Händeschütteln zurück nach Tallinn gefahren.

Knolle wusste zu berichten, dass das von ihm besichtigte Minensuchboot der Frauenlobklasse zuzuordnen war und dereinst zum 7. Minensuchgeschwader der Bundesmarine gehört hatte und erst 1997 von der estländischen Marine übernommen worden sei und dass das mit vier Bugtorpedorohren, einem 40 mm Geschütz von Bofors und einem 7,7 mm Lewis Gun MG ausgestattete U-Boot früher Teil der sowjetischen Marine gewesen war. Knolle war begeistert.

Er hätte noch viel mehr Details erläutern können, doch Rumpel stoppte ihn, indem er darauf hinwies, dass es an der Zeit sei, das Buffet in Angriff zu nehmen, sonst seien die leckersten Sachen weggegessen. Eigentlich wollte Knolle noch das Foto auf dem Display seines Handys herumreichen, welches seine Frau an der Seite des als U-Boot Kommandant verkleideten Museumsführers zeigte und neben dem die Ärmste auf sein Geheiß hin hatte Pose stehen müssen. Aber verhungern wollte er schließlich auch nicht.

In der folgenden Nacht, auf dem Weg nach Sankt Petersburg, herrschte raue See. Besonders die Passagiere im vorderen und hinteren Teil der AIDA bekamen dies zu spüren, da hier die Auf- und Abwärtsbewegungen des Schiffes am größten waren. Auch das Ehepaar Knolle gehörte zu den Leidtragenden. Siegfried Knolle, der sonst über eine ausgesprochen gesunden Appetit verfügte, saß am nachfolgenden Morgen mit fahlem Gesicht am Frühstückstisch und trank lediglich eine Tasse Kräutertee.

Seine Frau erzählte später den beiden anderen Damen, ihr Mann hätte die halbe Nacht auf dem Klo verbracht und die absonderlichsten Geräusche von sich gegeben. Wäre er früher von der Bundesmarine und nicht von der Infanterie eingezogen worden, hätten sie ihn sicherlich bald als wehruntauglich wieder nach Hause geschickt.

In Sankt Petersburg absolvierten alle dasselbe Programm. Am ersten Tag unternahm man eine ausführliche Stadtrundfahrt mit verschiedenen Besichtigungsstopps. Der bestens präparierte russische Stadtführer, ein studierter Kunsthistoriker, schien auch bei seiner x-ten Stadtführung nichts von seiner Begeisterung für Sankt Petersburg eingebüßt zu haben. Voller Stolz erklärte er den deutschen Touristen alle Sehenswürdigkeiten dieser zweitgrößten Stadt Russlands und ließ dabei die Zeit Peters des Großen und Katharinas II vor ihren Augen wieder aufleben. Man zeigte sich gebührend beeindruckt.

Am zweiten Tag besuchten die Dauner Weltenbummler die berühmte Eremitage. Während die Herren sich vornehmlich für üppige Rubensgemälde und die Darstellung historischer Ereignisse interessierten, zog es die Damen mehr zu den Bildern französischer Impressionisten und italienischer Rokokomaler. Vor einem überdimensional großen Gemälde, welches die Schlacht bei Borodino gegen Napoleon darstellte, erzählte Melchior dem staunenden Knolle, dass einer seiner Vorfahren in dieser Schlacht auf russischer Seite mitgekämpft und für seine Tapferkeit vom Zar sogar einen Säbel verliehen bekommen hätte, was zur damaligen Zeit im Zarenreich üblich gewesen sei.

Er hätte gar nicht gewusst, dass Melchior russischer Herkunft sei, sagte daraufhin Knolle. Wäre er auch nicht, wie sein Nachname ja zeige, entgegnete Melchior, aber auch die in Russland lebenden Baltendeutschen seien dem Zaren gegenüber durchaus loyal gewesen und viele hätten als Offiziere oder als einfache Soldaten in der zaristischen Armee gedient. Knolle, der Melchior immer für etwas zu gutherzig und weich angesehen hatte, sah seinen Kollegen mit einem Male in einem ganz anderen Licht.

Als man abends wieder aus dem Hafen Sankt Petersburgs hinausfuhr, konnte man von den Oberdecks in die Wohnungen der nahe der Hafenbecken wohnenden Bevölkerung sehen. Entgegen den Regeln der Höflichkeit, aber im Einklang mit den Regeln der Neugier, taten dies viele der Touristen. Manche sogar mit Ferngläsern. Man war sich darüber einig, dass diese russische Metropole zwar vor historischen Palästen nur so strotzte, dass der gemeine Russe jedoch meist immer noch in recht ärmlich möblierten Wohnungen hauste, auf dem flachen Land vermutlich noch mehr als in der Stadt.

Die politisch Versierten unter den Touristen erklärten sich gegenseitig, dass die unter Putin nun wieder zunehmenden sozialen Gegensätze zwischen Arm und Reich für Russland nichts Gutes verheißen würden. Man hätte seit der Revolution von 1917 offensichtlich nicht viel dazugelernt. Gestärkt von derlei Weltläufigkeit begab man sich wieder unter Deck und fiel über das von unterbezahlten Filipinos und Indern zubereitete Abendbüffet her.

Das nächste Reiseziel war Helsinki. Hier erklärte eine Stadtführerin den Dauner Gymnasiallehrern, Finnen seien zwar nicht besonders religiös, dafür aber sehr nationalbewusst. Dies hätte seine Ursache in der langen Zeit der Unterdrückung durch mächtige Nachbarn. Jahrhundertelang hätte Finnland zu Schweden gehört, bevor es von 1808 bis 1917 von Russland vereinnahmt worden sei. Tragisch sei es gewesen, dass gerade der Zar Russlands, der Finnland mehr Souveränität zugestehen wollte, Zar Alexander II, in Russland von populistisch-anarchistischen Attentätern ermordet worden wäre. Nichtsdestotrotz gäbe es auch heute noch eine beachtliche schwedische und eine kleine russische Minderheit in Finnland.

Rumpel, der aufmerksam zugehört hatte, sagte zu seinen Mitreisenden, dass innenpolitische Auseinandersetzungen heutzutage glücklicherweise meistens anders gelöst würden, beispielsweise durch Kaltstellen, Entlassung oder mediale Verunglimpfung. „Fast wie an einem durchschnittlichen deutschen Gymnasium“, brummte Knolle. Ein gewagter Vergleich! Aber er wartete schon seit zehn Jahren auf eine Beförderung und hatte ständig Konflikte mit den Schülerzeitungsredakteuren. Besonders über die Witzeseite hatte sich Knolle schon des Öfteren beschwert, da er sich hier häufig zu Unrecht verunglimpft sah.

Ein besonderes Erlebnis war für die Dauner vormittags das Miterleben einer Hochzeit in der russisch-orthodoxen Kirche in Helsinki. Erstaunt nahmen sie zur Kenntnis, dass während der Zeremonie der Pope die Hochzeitsgäste immer wieder zum Lachen brachte. Auch das feierliche Überreichen einer Bibel an die frisch Vermählten und das Küssen des Jesusbildnisses an der rückwärtigen Wand kannten sie nicht. Am Schluss durfte der Bräutigam nicht nur die Wand, sondern - wie in Deutschland - auch die Braut küssen. Dies schien ihm noch mehr zuzusagen, da er - anders als in Deutschland - gar nicht mehr aufhören wollte.

Nachmittags fuhren die Ehepaare Rumpel und Knolle durch die sommerliche finnische Seenlandschaft in das etwa 60 km entfernten Porvoo. Mit seinen 800 Jahren ist das etwa 50 000 Einwohner zählende Porvoo nach Turku die zweitälteste Stadt Finnlands. Uralte Holzhäuser und ebenso altes Kopfsteinpflaster untermauerten dies.

Das Ehepaar Melchior und Pelzig hingegen besuchten das finnische Nationalmuseum und begaben sich danach auf die Suche nach passenden Mitbringseln. Pelzig erstand für seinen kleinen, dicken, bekanntermaßen von der Bordeauxdogge abstammenden Mops ein riesiges Rentierfell. Man wusste, dass er „Knuddel" abgöttisch liebte und ihn für den intelligentesten und liebenswertesten Hund in der ganzen Vulkaneifel hielt.

Er hatte Knuddel sogar einmal zu einer Gesamtkonferenz mitgebracht. Als die gegen Hundehaare allergische Kollegin Süßmut energisch dagegen protestiert hatte, war ihr von Pelzig, der Französisch und Geschichte unterrichtete, entgegnet worden, dass schon die Marquise de Pompadour sowie Marie-Antoinette, Königin von Frankreich, jeweils zwei Möpse besessen hätten und die hätten ihre Möpse überallhin mitgenommen. Dies hatte bei allen Anwesenden - den Lehrern, den Elternvertretern und den Schülersprechern - für anhaltende Heiterkeit gesorgt und auch die nächste

Ausgabe der Schülerzeitung „Der Tintenklecks“ bereichert.

Die beiden Melchiors kauften für ihren Sohn Tom, der drei Wochen bei seinen Großeltern väterlicherseits verbrachte, Holzspielzeug. Er war vierzehn bzw. zwölf Jahre jünger als seine beiden Schwestern und eigentlich gar nicht mehr geplant gewesen. Einmal auf der Welt wurde er jedoch von allen innig geliebt und verwöhnt. Bei ihren Töchtern, die ebenfalls drei Wochen bei den anderen Großeltern verbrachten, konnte man sich hinsichtlich der Souvenirs zunächst nicht einigen. Melchior fand Silberbroschen mit Bernstein sehr nett, während seine Frau traditionelle finnische Blusen favorisierte. Schließlich kaufte man eine Brosche und eine Bluse. Die Töchter sollten dann selbst entscheiden, wer was bekäme.

Am folgenden Tag stand Stockholm auf dem Programm. Schon frühmorgens hatte man sich an Deck begeben, um die Fahrt durch die schwedischen Schären mitzuerleben. Die ansonsten eher stille Elsbeth Knolle wusste einiges über die Schären zu erzählen. Sie war Bibliothekarin (früher vor der Geburt der Kinder ganztägig, danach nur noch halbtägig) und liebte es zu lesen, vorzugsweise Romane, aber auch gelegentlich naturwissenschaftliche Bücher. So erfuhren die

Mitreisenden einiges über die Entstehung, die Morphologie und die heutige Nutzung der Inseln.

Als Knolle und Rumpel eine halbe Stunde später noch alleine an Deck standen, sagte ersterer zu letzterem, er könne sich theoretisch vorstellen, sein restliches Leben auf einer dieser Schären zu verbringen, vor allem dann, wenn er weiterhin bei Beförderungen so schäbig übergangen werde. Ob seine liebe Frau denn ebenfalls reif für die Insel sei und ob er sie schon in seine Überlegungen einbezogen hätte, wollte Rumpel wissen. Knolle, der dies noch gar nicht bedacht zu haben schien, überlegte kurz und sagte dann, dass dies ein guter Ehemann natürlich tun müsse. Plötzlich schien ihn jedoch eine unerwartete Melancholie zu überkommen, denn er blickte, ohne ein Wort zu sagen, minutenlang traurig auf das Meer hinaus. Schließlich meinte er, dass dies ohnehin nur so eine Gedankenspielerei sei. Wegen seinem Sohn ginge das ja sowieso nicht.

Rumpel war verblüfft. Er hatte Knolle des Öfteren stolz von seinem Sohn erzählen hören, der bei der Bundesmarine Karriere machte, da er mit 27 Jahren schon zum Kapitänleutnant avanciert war. Er versuchte seinen Kollegen auf heiterere Gedanken zu bringen: „Dein Sohn ist doch alt genug, auf eigenen Beinen zu stehen. Der wird schon seinen Weg alleine gehen. Kinder wollen gar nicht, dass ihre Eltern zu sehr an ihnen hängen bleiben, wenn sie, die Kinder, schon längst flügge sind."

„Um den Sohn geht es nicht", entgegnete Knolle, „es geht um den anderen." „Oh", sagte Knolle, „den hast du bei unseren Gesprächen schon lange nicht mehr erwähnt." „Ich weiß", murmelte Knolle. Er war offensichtlich nicht gewillt, das Gespräch weiter fortzuführen. Also ging man zum Frühstücksaal, wo die anderen schon saßen und auf sie warteten.

Außer Rumpel, der als junger Mann schon einmal in Stockholm gewesen war, zeigten sich alle anderen Dauner von der großzügigen, ja fast weltstädtischen Atmosphäre der schwedischen Hauptstadt überrascht. Sie besichtigten das königliche Schloss Drottningholm und besuchten das Abba Museum, um bei den im Hintergrund zu hörenden, zeitlosen Hits dieser Popgruppe in Erinnerungen zu schwelgen.

Pelzig gestand Melchior, dass er als junger Mann besonders für die blonde Agnetha Fältskog geschwärmt hätte. „Warum hast du sie nicht geheiratet?", fragte Melchior. Das hätte er gerne getan, antwortete Agnethas Fan, er habe ihr sogar einmal einen Brief geschrieben. Statt eines langen Antwortschreibens voller glühender Liebesbezeugungen und einer Einladung nach Stockholm habe er aber nur einen schablonenartigen, auf Schreibmaschine getippten, sehr kurzen Dankesbrief erhalten. Wahrscheinlich hätte der eifersüchtige Björn Ulvaeus den Brief abgefangen und einen Mitarbeiter des Abba Trosses angewiesen, so nichtssagend wie möglich zu antworten. „So ein Pech“, sagte Melchior und blickte Pelzig an. Er sah in ein Paar lachende, verschmitzt dreinblickende Augen. „Sieh mal an“, dachte Melchior, „man kann mit dem Pelzig sogar ganz ungezwungen herumblödeln. Um das zu erfahren, muss man offensichtlich erst zusammen eine Kreuzfahrt unternehmen.“

Abends besuchten alle in der Stockholmer Altstadt ein gemütliches Lokal. Bei Rotwein und Schwedenpizza (Lachskuchen) ließ man die aus Heidelberg am Neckar stammende schwedische Königin Silvia hochleben. Carl XVI Gustav von Schweden hätte wirklich Glück gehabt, einer solchen Frau zu begegnen, meinte Frau Rumpel. Er sei sich dessen leider kaum bewusst, antwortete Charlotte Melchior. Sonst würde er sich kaum in Stockholmer Nachtclubs herumtreiben.

Pelzig, der seinen Mops auch schon mal gelegentlich alleine und verschnupft auf dem Plüschsofa zurückgelassen hatte, um das eine oder andere kleine Abenteuer zu erleben, antwortete, dass es da wahrscheinlich einige genetisch bedingte Unterschiede zwischen Männern und Frauen gäbe. Er selbst sei ein Fan der Unterschiede zwischen den Geschlechtern, nicht der neuerdings in Mode gekommenen Gleichmacherei. Als Beweis für die Unterschiede führte er König Carlos von Spanien, den Borgia-Papst Alexander und den Bäcker Metzger in Daun an, der allgemein als wüster Frauenheld galt, obwohl er verheiratet war und sieben Kinder hatte. Eine solche tiefschürfende, Betrachtungsweise - richtig oder falsch, auf jeden Fall in dem Augenblick unnötig - kam bei den anwesenden drei Damen nicht gut an. Durch den fruchtigen Rotwein beflügelt fielen sie über Pelzig her und versuchten, ihn eines Besseren zu belehren.

Otto Pelzig wehrte sich nach Kräften und verstieg sich sogar zu der Behauptung, die ihn attackierenden Damen seien offensichtlich Emanzen. Was daran so schlimm sei, wollte Frau Melchior giftig wissen. Das käme ganz auf den Typ Emanze an, näselte Pelzig vielsagend. Der gereizten Aufforderung, seine Typenlehre zu präzisieren, führten zu folgenden, die Wissenschaft der Psychologie revolutionierenden Erläuterungen des Frauenverstehers Pelzig: Da wäre erstens die kluge Emanze. Sie kenne den Unterschied zwischen Männlein und Weiblein und würde, falls verehelicht, ihren Gatten in jeder Hinsicht gut behandeln, es aber dennoch verstehen, ihren eigenen Rechten und Interessen auf eine sozialverträgliche Weise Geltung zu verschaffen.

Dann gäbe es aber leider auch den Typus der schäbigen Emanze. Diese Dame würde zwar auch die gegensätzliche Polarität von Mann und Frau kennen, sie aber rundweg ignorieren oder gar leugnen, nur um sich im Geschlechterkampf Vorteile zu verschaffen. Die Waffen einer Frau würden von ihr raffiniert, um nicht zu sagen niederträchtig, eingesetzt werden. Der so vom Schicksal gestrafte Partner sei gegenüber einer solchen gefühlsarmen Strategie weitgehend hilflos und ihm bliebe als Gegenmittel eigentlich nur eine möglichst rasche Flucht in wärmere Gefilde.

Und drittens gäbe es da noch die gar nicht so seltene, rappeldumme Pseudoemanze. Die würde die unterschiedlichen Bedürfnisse und Veranlagungen Adams und Evas gar nicht erst wahrnehmen, sondern nur irgendwelchen kruden Theorien hinterherlaufen und ihrem eigenen Egoismus frönen.

Tief beeindruckt oder auch nur zutiefst verunsichert ob dieser fundierten Einlassungen des Hobbypsychologen in ihrer Runde schauten alle in ihr Weinglas und jeder versuchte, diese so überzeugend dargestellten, höchst unterschiedlichen Kategorien von Emanzen in sein eigenes Weltbild einzuordnen bzw. kritisch zu hinterfragen. Rumpel war es, der sich als erster wieder fing. Mit erstaunlichem diplomatischem Geschick, welches kaum einer dem ältesten, manchmal etwas schwerfälligen Kollegen und Freund zugetraut hätte, erklärte er, dass die hier anwesenden Damen ohne jeden Zweifel alle zur ersten Kategorie gehörten.

Allerdings würde er den wenig gut verdaulichen Begriff der Emanze gerne durch die Bezeichnung: emanzipierte, selbstbewusste Frau ersetzen. Dabei betonte er besonders das Wort „Frau". Im Übrigen sollten seiner Meinung nach mehr die Gemeinsamkeiten und weniger die Gegensätze in einer Partnerschaft hervorgehoben werden.

Allgemeine Zustimmung, besonders bei seiner eigenen Gattin. Diese hatte ihn, da er unter dem Einfluss von Alkohol auch schon mal Fragwürdiges von sich gab, im ersten Moment skeptisch, dann aber sehr dankbar angeschaut. Erleichtert wurde dann Melchiors Anregung, über das noch ausstehende Reiseprogramm zu beraten, aufgenommen und der Restaurantbesuch gelangte somit in ruhigeres, harmonisches Fahrwasser.

Zu fortgeschrittener Stunde wieder an Bord war unseren Daunern noch nicht nach Bettruhe zumute. Stattdessen suchte man das dortige Tanzlokal auf, wo um 23.00 Uhr noch Hochbetrieb herrschte. Nachdem jeder ein paar Mal mit seiner eigenen Frau getanzt hatte, wechselte man die Tanzpartner. Nur Pelzig blieb zunächst alleine am Tisch zurück. Doch schon bald hatte er an einem der anderen Tische eine ihn freundlich anlächelnde dunkelhaarige Frau schon fortgeschrittenen Alters entdeckt, die er, ohne große Umschweife zu machen, alsbald galant auf die Tanzfläche geleitete.

Um zwei Uhr nachts, als die anderen nach dem langen Tag in Stockholm eine gewisse Mattigkeit in sich aufkommen fühlten, war Pelzig nach wie vor in Hochform. Während die anderen beschlossen, ihre Kabinen aufzusuchen, wirbelte Pelzig immer noch über den

Tanzboden und schien sich mit seiner Eroberung blendend zu amüsieren.

Der folgende Tag wurde auf See verbracht, willkommene Gelegenheit auszuspannen oder das Bordprogramm in Anspruch zu nehmen. Pelzig, der schon zum Frühstück nicht erschienen war, lag, von den Anstrengungen der vorangegangenen Nacht erschöpft, den halben Tag an Deck auf einem Liegestuhl. Frau Rumpel leistete ihm Gesellschaft, da sie ihre vom vielen Herumlaufen und Tanzen geschwollenen Füße schonen und im Pool kühlen wollte.

Melchior und Knolle lauschten einem fundierten Vortrag eines Professor Huhns über Danzig mit dem hoffnungsgebenden Titel „Auferstanden aus Ruinen" und lernten danach in einer „Nautischen Stunde" den noch recht jungen, aber sympathischen Kapitän des Schiffes und den nüchternen, schon etwas älteren Leitenden Ingenieur kennen. Die Möglichkeit, an die beiden Herren Fragen zu richten, nutzte insbesondere der nach Meinung seiner Frau aufgrund seiner Anfälligkeit für Seekrankheit für die Seefahrt gänzlich ungeeignete Knolle. Frau Knolle und Frau Melchior besuchten ihrerseits einen Blumen-Workshop und später am Tag den Kochkurs „Alles rund um den Fisch".

Rumpel hingegen wollte einfach einmal nur für sich sein. Er wanderte auf dem riesigen Schiff herum, schaute mal hier, mal dort und ging anschließend in die Ocean Bar, um dort neben einem anderen die Einsamkeit in der Menge vorziehenden Mann gleichen Alters schweigend einen Bourbon zu trinken. Schließlich setzte er sich in einen der an Deck stehenden Strandkörbe. Mit sich und der Welt im Reinen blinzelte er dösig in die Sonne und wäre beinahe eingeschlafen, als Elsbeth Knolle seitlich an seinem Strandkorb vorbeischlenderte. Sie war alleine, da Frau Melchior sich nach der Kochschule in ihre Kabine begeben hatte, um sich etwas auszuruhen. Da sie eine zurückhaltende, unaufdringliche Wesensart besaß, wäre sie sicherlich, als sie Rumpels schon halbgeschlossene Augen wahrnahm, weitergegangen, doch Rumpel sah sie und lud sie ein, mit ihm ein Weilchen die Aussicht auf das Meer zu genießen.

Die sonderbare Andeutung seines Kollegen Knolle bezüglich des zweiten Sohnes war Rumpel nicht aus dem Kopf gegangen. Und da er ein an menschlichen Schicksalen immer interessierter Pädagoge war, kam er nach ein paar Minuten Smalltalk darauf zu sprechen. Siegfried hätte ihm gegenüber eine merkwürdige

Äußerung bezüglich ihres zweiten Sohnes fallen gelassen. Von dem hätte er schon lange nichts mehr gehört. Immer sei nur von dem so erfolgreichen Sohn bei der Marine die Rede gewesen.

Elsbeth Knolle schaute betreten vor sich hin. Ja, sagte sie, das sei leider eine traurige Sache. Ihr Mann würde nur sehr ungern davon reden. Es sei einfach zu schmerzhaft für ihn.

„Es können nicht alle Kinder später ihr Leben so gestalten, wie es die Eltern sich wünschen“, versuchte Rumpel sie aufzumuntern. Auch seine mittlerweile erwachsenen Kinder hätten nicht alle seine Hoffnungen erfüllt. Seine Tochter hätte zum Beispiel nach einer unglücklichen Liebe von einem Tag auf den anderen ihr Germanistikstudium abgebrochen und würde jetzt in Hamburg in einer Wohngemeinschaft mit Taugenichtsen zusammenleben und hin und wieder als Kellnerin arbeiten. Dabei sei sie eigentlich das begabteste seiner Kinder gewesen.

Frau Knolle schaute immer noch betreten vor sich auf den Boden. Das täte ihr sehr leid, aber bei Ihnen sei es noch viel schlimmer, erwiderte sie. „Hatte euer anderer Sohn einen schweren Unfall und ist seitdem …?“

Knolle war nun selber etwas verunsichert und hätte lieber wieder einen Rückzieher gemacht. Nein, einen Unfall könnte man das eigentlich nicht nennen. Es sei mehr ein schleichender Prozess gewesen, sagte Elsbeth Knolle leise. Rumpel schaute sie ratlos an. „Unser jüngerer Sohn Henning lebt in einer psychiatrischen Einrichtung. Er leidet unter chronischer Schizophrenie", stieß sie hervor. Knolle wusste nicht, was er sagen sollte und so saßen sie einige Minuten schweigend nebeneinander.

Doch dann fuhr Frau Knolle fort: „Ich denke, mein Mann leidet sogar noch mehr als ich darunter. Siegfried gibt sich nämlich selber die Schuld daran. Er sagt heute, dass er damals die Jungen zu hart angefasst habe, da er richtige Kerle aus ihnen machen wollte. Er hätte nicht gewusst, wie sensibel Henning ist. Ich glaube, er würde alles dafür geben, könnte er seine Fehler rückgängig machen. Ich habe damals wiederholt versucht, mäßigend auf ihn Einfluss zu nehmen. Aber er wollte oder konnte nicht aus seiner Haut. Er ist halt so. Du kennst ihn ja selber, Hans." Elsbeth war den Tränen nahe. Andererseits schien sie irgendwie froh, mit Rumpel, den sie für charaktervoll und diskret hielt, darüber zu sprechen.

Rumpel legte seine große, derbe linke Hand für einen Moment auf ihre zarte rechte Hand und sagte, weil er irgendwie trösten wollte: “Vielleicht leidet euer Henning ja in seiner eigenen Traumwelt gar nicht so sehr. Ich bin zwar kein Psychiater, aber ich habe gelesen, dass die Flucht in die eigene Traumwelt für die Betroffenen häufig auch Erleichterung bedeutet.“ „Henning leidet schon“, antwortete die kleine Frau. „Jeder Fall von Schizophrenie ist anders. Da gibt es keine allgemeingültigen Merkmale. Deshalb fahren wir auch fast jedes Wochenende in die Klinik nach Andernach, um unseren Sohn zu besuchen, selbst bei Schnee und Glatteis mitten im Winter. Siegfried ist da eisern, - wie damals, als er die Jungen viel zu streng erzogen hat.“ Und dann fügte sie hinzu: „Ich weiß, dass ihr in der Schule manchmal über ihn lacht, Hans. Aber mein Mann ist im Grunde kein schlechter Mensch. Ich weiß das.“

Rumpel dachte an das Gespräch mit Knolle auf dem Oberdeck. Dieser würde sicher nie auf eine Schäreninsel ziehen, um dort den Rest seines Lebens zu verbringen. Er sah seinen Kollegen plötzlich von einer ihm bisher unbekannten Seite. Wieder einmal bestätigte sich für ihn seine Grundüberzeugung, dass man nie voreilig Urteile über Menschen fällen sollte.

An dem Abend erschienen das Ehepaar Rumpel und das Ehepaar Knolle nicht im Tanzlokal. Dagegen saß Otto Pelzig mit knallbuntem Bermudahemd schon um 19.00 Uhr neben seiner Eroberung vom Vorabend an der Bar und bestellte für sie einen Cocktail *Kir Royal* und für sich selbst einen doppelten *Lumberjack Whisky*. Er hatte mittlerweile in Erfahrung gebracht, dass sie in Köln als Röntgenassistentin in einem Städtischen Krankenhaus arbeitete und mit zwei anderen, ebenfalls geschiedenen Kolleginnen diese Kreuzfahrt unternahm.

Auch die Melchiors waren gegen 21.00 Uhr wieder zum Tanzen gegangen, wobei die Idee dazu wohl eher von Charlotte Melchior ausgegangen war. Sie war früher eine begeisterte Tänzerin gewesen. Später, als ihre Ehe nach und nach unglücklicher geworden war, hatten sie das Tanzen immer mehr aufgegeben.

Irgendwann kamen Pelzig und seine Tanzpartnerin an ihren Tisch. Pelzig stellte sie als Sabine Klinkhammer vor. Keineswegs auf den Mund gefallen erzählte Sabine, dass sie an Bord bereits mehrfach angebaggert worden sei, aber die Herren seien entweder zu jung, zu aufdringlich oder einfach nicht ihr Typ gewesen. Otto hier neben ihr sei genau der Richtige. Otto strahlte. So entwickelte sich ein zwangloses, durchaus amüsantes Gespräch, wie es auf Kreuzfahrten, bei denen jeder Entspannung sucht, nicht unüblich ist. Die Einlagen der Country Music-Sängerin mit ihrer rauchigen Stimme lockerte die Atmosphäre zusätzlich auf.

Gegen Mitternacht waren Otto und Sabine von der Bildfläche verschwunden. Obwohl die Band abermals zum Tanz aufspielte, fragte Charlotte Melchior ihren Mann, ob sie nicht ein wenig an Deck gehen sollten. Es sei noch so warm draußen und der Himmel sei bestimmt voller Sterne. Melchior wunderte sich zwar über diese ungewohnten Anwandlungen seiner Frau, ging jedoch bereitwillig mit. Draußen setzten sie sich in die dort stehenden Liegestühle und schauten schweigend in den Sternenhimmel.

Plötzlich drehte sich seine Frau zu ihm um und sagte mit kaum hörbarer Stimme, dass es ihr schrecklich leidtäte. Melchior fragte, was ihr denn leidtäte. „Alles“, antwortete sie. Sie blickte ihn mit traurigen Augen an. „Ich war so erbärmlich hässlich zu dir in der Vergangenheit. Habe mich gehen lassen und war dir nicht die Partnerin, die du verdient hättest.“ Melchior war zwar selber oft sentimental, fürchtete sich jedoch vor allzu emotionalen Szenen. Er nahm ihre Hand und sagte:

„Lass gut sein, Lotte. Wir alle versuchen, das Beste zu erreichen. Es klappt nur nicht immer im Leben.“ “Ich hab es lange Zeit nicht einmal versucht“, erwiderte Charlotte betrübt.

Ohne es auszusprechen, wussten beide um die Gründe dieser Misere. Charlottes Vater war ein millionenschwerer Trierer Unternehmer. Anspruchsvoll, verwöhnt und hübsch wollte sie in ihrem Innersten auch immer einen ebenso erfolgreichen Ehemann, hatte sich unglücklicherweise aber in einen Pädagogikstudenten namens Melchior mit begrenzten Karrierechancen und, was noch schlimmer war, ohne allzu großen Ehrgeiz verliebt. Schon nach vier Monaten Verliebtsein wurde trotz aller Bedenken seitens gutmeinender Mitmenschen geheiratet. Am Anfang ihrer Ehe hatten sie zwar auch schöne Zeiten gehabt, doch alles in allem war ihr Eheleben langsam immer eintöniger geworden und schließlich ausgetrocknet. Sie begann den Haushalt, sich selbst und ihren Ehemann zu vernachlässigen, er verkroch sich immer häufiger den ganzen Tag und die halbe Nacht lang in sein Arbeitszimmer. Am Schluss lebte man nur noch nebeneinander her.

Ein einziges Mal hatte Melchior seinen Eltern sein Eheleid geklagt und von möglicher Trennung gesprochen. Während seine Mutter in Tränen ausgebrochen war und zu ihm gesagt hatte, er müsse auch an die Folgen für die Kinder denken, hatte sein Vater ihn nur angeschaut und geknurrt: „So schnell gibt ein Melchior nicht auf!“ Das war einer seiner Lieblingssprüche und sein Sohn hatte diesen Spruch schon des Öfteren zu hören bekommen.

Sein Vater war anders als er. Er hatte als Kind noch das Grauen des Krieges miterlebt, sein eigener Vater, Kristjans Großvater, war 1944 in Italien im Kampf gegen Partisanen gefallen, die Mutter musste drei Kinder alleine großziehen. Er selber hatte sich später sein Studium durch verschiedenste, meist schlecht bezahlte Jobs alleine finanzieren müssen und war anschließend in der hessischen Landesverwaltung durch Disziplin und Fleiß erst zum Regierungsrat, dann zum Oberregierungsrat und am Ende zum Regierungsdirektor aufgestiegen.

Kristjan konnte sich nicht daran erinnern, dass es in seiner Kindheit und Jugend in der Familie jemals materielle Probleme gegeben hatte. Schwimmen im Geld, wie in der Familie seiner Frau, hatte man jedoch nie können. Seine Eltern waren immer sparsam mit dem zur Verfügung stehenden Geld umgegangen.

„Wie kommst du denn auf so merkwürdige Gedanken?“, wollte Melchior von ihr wissen. „Der frische Meereswind hat wohl so einiges durcheinandergewirbelt bei dir“, versuchte er zu scherzen. Charlotte ließ sich aber nicht beeinflussen. Sie versuchte es ihm zu erklären: „Ich habe die Paare hier auf der AIDA beobachtet. Wie sie miteinander lachen und Spaß haben. Wie glücklich die meisten aussehen und wie sie Arm in Arm über Deck schlendern. Man sieht, dass sie zusammengehören. Sieh dir bloß Hans-Wilhelm und Hildegard an, selbst bei Siegfried und Elsbeth sieht man das. Mein blödes Ego hat bei uns aber alles kaputtgemacht.“

Kristjan sah, wie sie sich zur Seite drehte und lautlos weinte. Da nahm er sie in den Arm, küsste ihren Nacken und dann ihren Mund und sagte schließlich, „Vielleicht können wir ja noch mal von vorne anfangen.“ „Vielleicht“, antwortete sie, „wenn wir uns beide Mühe geben.“

Am darauffolgenden Morgen erblickten die anderen Reisenden eine überaus glücklich aussehende Frau

Melchior. Das erstaunte sie, da Charlotte oft freudlos und larmoyant wirkte. Auch ihr Mann schien ihnen an diesem Morgen ungewöhnlich entspannt zu sein.

In der alten Freien Hansestadt Danzig war ein ausführlicher Stadtrundgang vorgesehen. Die kleine, etwa einen Meter fünfzig große Stadtführerin gab alles. Sie redete und redete, man konnte vieles gar nicht so schnell aufnehmen. Doch dann passierte ihr ein Missgeschick. Im dichten Gewühl der von Touristen übersättigten historischen Altstadt bog sie ohne Vorankündigung unvermittelt nach links ab, um zu einer der zahlreichen sehenswerten Kirchen zu gelangen. Die ersten zehn im Gänsemarsch hinter ihr folgenden Gruppenmitglieder bogen ebenfalls ab. Da die elfte Person jedoch eine Schlafmütze war und den Schwenk nicht mitbekam, marschierte der größere Teil der Reisegruppe weiterhin geradeaus. Als man dies endlich mitbekam, war es zu spät. Man fand sich in den Menschenmassen nicht wieder.

So kam es, dass Siegfried Knolle, den es immer in die Spitze einer Reisegruppe zog, um alles mitzubekommen, dessen Frau sowie Pelzig und die nun für den Rest der Reise unerbittlich an ihm klebende Sabine Klinkhammer weiterhin in den Genuss einer sehr fundierten Stadtführung kamen, während die Ehepaare Rumpel und Melchior sich zunächst dumm anguckten, dann aber auf eigene Faust versuchen mussten, die Stadt zu erkunden.

Wieder an Bord beschwerten sich einige Reisende über die Stadtführerin. Sie sei zwar klein und ihr hochgehaltenes Fähnchen hätte man sowieso kaum sehen können, aber sie hätte wissen müssen, dass man vor einem Schwenk erst die gesamte Truppe auflaufen ließe, um die Richtungsänderung allen deutlich anzukündigen. Das AIDA-Management war untröstlich und ließ verlauten, dass jedem der so Benachteiligten am späteren Abend in einer der Bars ein Freigetränk zustünde. Gutscheine seien an der Rezeption abzuholen.

Melchior tat die kleine Frau mit dem drolligen polnischen Akzent, die sich so viel Mühe gegeben hatte, leid. Er ging deshalb am nächsten Tag noch einmal zur Rezeption und teilte den dort arbeitenden jungen Damen mit, dass die gestrige Stadtführerin trotz des ihr unterlaufenen Fehlers die beste auf der ganzen bisherigen Fahrt gewesen sei. Ein Rüffel des Managements für sie oder noch härtere Konsequenzen seien hier sicher nicht angebracht, zumal sie ja in Zukunft denselben Fehler nicht noch einmal machen würde.

Als letzter Höhepunkt der Reise stand Kopenhagen auf dem Programm. Hier erfuhren die etwa 2000 AI-DA- Touristen, dass man nicht immer Glück haben kann. Nach neun Tagen Sonnenschein regnete es hier in Strömen. Am Gefion-Brunnen am Hafen mit seinen vielen kleinen Fontänen hätte man ohne Bedenken die Pumpen für die Wasserzirkulation abstellen können. Es wäre keinem aufgefallen. Und die kleine Meerjungfrau an der Uferpromenade schaute in Erwartung besseren Wetters sehnsüchtig auf das weite Meer hinaus.

Gemeinsam empfand man Mitleid mit den armen Wachsoldaten vor der Stadtresidenz der dänischen Monarchen, Schloss Amalienborg. Nur notdürftig durch Regencapes geschützt mussten sie weiterhin mit versteinertem Gesicht vor dem Schloss auf und ab marschieren. „Krieg findet auch bei Regen statt“, meinte der dänische Stadtführer lakonisch. Er musste allerdings zugeben, dass *Margrethe* II von Dänemark im Moment gar nicht im Schloss zugegen war, sondern mit ihrem ebenfalls reiselustigen Ehemann Prinz Henrik dem König von Thailand Bhumibol Adulyadej der Große (Rama IX) einen hochherrschaftlichen Besuch abstattete und dort vermutlich gerade bei 40°C im Schatten schwitzend buddhistische Pagoden bestaunte. Eine Bewachung der beiden Königlichen, zumindest in Kopenhagen, schien daher nicht unbedingt vonnöten.

Eigentlich hatte man einen Besuch des Vergnügungsparks Tivoli mit anschließender Bootsfahrt auf einem der zahlreichen Kanäle Kopenhagens ins Auge gefasst. Angesichts des nicht nachlassenden Regens flüchtete man sich jedoch in die Ny Carlsberg Glyptotek, wo gerade auch die Sonderausstellung „Gauguins Welt“ zu sehen war. Vor einem der bunten Südseebilder Gauguins mit tahitischen Schönheiten am Pazifikstrand flüsterte Pelzig Sabine Klinkhammer zu, dass er sich kaum vorstellen könne, Gauguin habe in der Südsee nur gemalt. „Nein“, hatte Sabine Klinkhammer, die sich durchaus für Kunst interessierte, schnippisch geantwortet, „er hat dort auch sehr schöne Holzschnitzereien angefertigt.“

Am letzten Abend an Bord der AIDA blieb man lange nach dem Abendmahl am Tisch sitzen und ließ die Kreuzfahrt noch einmal Revue passieren. Alle waren der Meinung, dass sich das Unternehmen gelohnt habe. Und das nicht nur hinsichtlich der vielen neuen hinzugewonnen Eindrücke in interessanten Städten rund um die Ostsee, nein, man wäre sich auch menschlich nähergekommen. Das wolle man in Zukunft pflegen und ausbauen. Gerade in Daun, wo ein kulturelles Freizeitangebot ja leider nur begrenzt vorhanden war, käme der menschlichen Komponente besondere Bedeutung zu. Da am nächsten Tag eine anstrengende Rückreise anstand, trank man noch gemeinsam ein Glas Wein und ging dann relativ früh schlafen.

Als die AIDA am nächsten Morgen beim Auschecken der „Kreuzfahrer" zum Abschied dreimal ihr ohrenbetäubendes Signalhorn ertönen ließ, meinte Frau Rumpel zu ihrem Mann, dass sie versuchen würde, im Internet auch so ein Signalhorn zu erstehen, damit er in seinem letzten Dienstjahr vor Schulbeginn rechtzeitig aus dem Bett käme. Elsbeth Knolle, die neben ihr ging und die Bemerkung mitbekommen hatte, sagte, dass sie doch bitte für ihren Mann gleich ein zweites Signalhorn mitbestellen solle.

Auch die Rückfahrt gestaltete sich wie schon die Hinfahrt gemächlich. Wieder wurden längere Pausen eingelegt, damit dem BMW-Oldtimer nicht die Puste ausging. So viel geredet wie auf der Hinfahrt, als die Vorfreude auf die Kreuzfahrt noch das Kommunikationsbedürfnis angeregt hatte, wurde dieses Mal nicht mehr. Jeder hing seinen eigenen Gedanken nach.

Siegried Knolle sah auf die Straße vor sich. Ihm schien es nichts auszumachen, dass er mit seinen 90 Stundenkilometern auf der Autobahn von anderen Kraftfahrern als Verkehrshindernis wahrgenommen werden musste. Sogar Zwanzigtonner überholten ihn ein ums andere Mal.

Die Kreuzfahrt mit seinen Kollegen hatte ihm gut getan. Er wusste nicht, woran es lag, aber es war ihm zeitlebens immer schwer gefallen, echte Freundschaften zu schließen. Auf dieser Kreuzfahrt hatte er die drei anderen Männer jedoch weniger als Kollegen, sondern eher als Freunde wahrgenommen. Besonders Rumpel war ihm gegenüber sehr zugewandt gewesen. Am Ende ihrer Urlaubsreise hatte der ihm sogar vorgeschlagen, auch in den Eifelverein einzutreten. Man könnte dort geschichtlich interessierte und noch sportlich fitte Leute wie ihn gut gebrauchen, hatte er gesagt und ihm von seinen vielen Wanderungen und Besichtigungen historischer Stätten erzählt.

Er wollte sich eine Mitgliedschaft und ein eventuelles Engagement im Eifelverein ernsthaft überlegen. Vielleicht würde ihm das über seine Unzufriedenheit mit seiner beruflichen Situation und über das traurige Schicksal seines zweiten Sohnes etwas hinweghelfen.

In letzter Zeit war ihm sein Leben wie ein skandinavischer Winter vorgekommen. Keine Sonne am Horizont, aber auch nie ganz dunkel. Nur gut, dass er eine so liebe Frau an seiner Seite hatte. Er wusste nicht, was er ohne ihre beständige Aufmunterung und Zuneigung hätte tun sollen.

Dabei kam ihm sein eigener Vater in den Sinn. Der war eines Tages in den Wald hinter ihrem Haus gegangen und hatte sich mit seiner Dienstwaffe erschossen. Irgendeine Erklärung, z.B. in Form eines Abschiedsbriefes, hatte er nicht hinterlassen. Siegfried war damals acht Jahre alt gewesen. Später erfuhren sie, dass er als leitender Kriminalbeamter einen unschuldigen Mann für viele Jahre hinter Schloss und Riegel gebracht hatte. Dessen Frau hatte sich dann von ihm scheiden lassen und die drei kleinen Kinder des Mannes mussten vaterlos aufwachsen. Diesen Fehler hatte sein Vater wohl nicht verkraftet.

Dass der Vater, der Held seiner Kindheit, in seiner Verzweiflung offensichtlich nicht an ihn gedacht hatte, konnte er lange Zeit nicht verwinden. Damals war die Überzeugung in ihm gewachsen, dass man sich im Leben keine Schwäche zugestehen dürfe.

Mit seinem Stiefvater hatte sich Siegfried nie gut verstanden. Es gab häufig Streit. Noch schlimmer war für ihn jedoch gewesen, dass seine tablettensüchtige Mutter sich meist auf die Seite ihres neuen Partners gestellt hatte. Wahrscheinlich wollte sie nicht noch einmal ihren Mann verlieren. All das hatte Siegfried zu dem Mann gemacht, der er war. Innerlich zerrissen, wollte er nach vorne gehen, Stärke zeigen.

Jetzt aber dachte er an Henning in Andernach. Sie würden ihn gleich nach ihrer Rückkehr am nächsten Wochenende besuchen. In seinem Koffer lag ein zusammengerolltes Poster. Es zeigte schwedische Schären bei strahlendem Sonnenschein. Er wollte es rahmen lassen und Henning mitbringen.

Er wollte aber auch den anderen Sohn Berthold anrufen und sich nach dem Befinden seiner Schwiegertochter, die im siebten Monat schwanger war, erkundigen. Sie hatten erfahren, dass es dieses Mal ein Junge sein würde. Er würde den Jungen und natürlich auch dessen zwei Jahre ältere Schwester immer dann, wenn sich ihm die Möglichkeit dazu bot, nach allen Regeln der Kunst verwöhnen, vorausgesetzt seine nicht immer einfache Schwiegertochter erlaubte dies. Das hatte er sich vorgenommen und dabei musste er abermals an Henning denken, den er durch harte Erziehung zu einem harten Mann hatte formen wollen.

Elsbeth Knolle saß neben ihrem Mann auf dem Beifahrersitz. Auch sie dachte an ihren Sohn in Andernach. Neulich war er ohne ersichtlichen Grund von einem Mitpatienten angegriffen worden. Auf ihr Drängen hin war der Mitpatient daraufhin auf eine andere Station verlegt worden. Bei ihrem letzten Besuch hatten sie ihrem Sohn gesagt, dass sie ihn zwei Wochen lang nicht besuchen könnten, da sie in Urlaub fahren würden. Er hatte nicht gefragt, wohin sie reisen würden, sondern nur dagesessen und traurig mit dem Kopf genickt. Im September war sein Geburtstag. Sie würden ihm eine große Torte und neue Schuhe mitbringen.

Elsbeth schaute ihren Mann von der Seite her an. Nach außen war er immer noch der alte: laut, tonangebend, manchmal ruppig. In Gesellschaft mit anderen konnte dies, je nach Sichtweise des Betrachters, schon manchmal als unangenehm, manchmal als komisch empfunden werden. Aber sie kannte auch seine andere Seite. Vor ein paar Monaten nach einem ihrer Besuche in Andernach war er mitten in der Nacht aufgestanden. Sie war ihn suchen gegangen und hatte ihn, als sie durch den Spalt der nicht ganz geschlossenen Küchentür schaute, am Küchentisch sitzen und wie ein Kind weinen sehen. Leise war sie wieder ins Bett zurückgeschlichen. Am nächsten Morgen tat er so, als wäre nichts gewesen.

Sie konnte sich noch genau an den Tag erinnern, als sie sich zum ersten Mal begegnet waren. Das war auf einer Party des Studentenheimes gewesen, in dem er wohnte. Sie war mit einer Freundin, die in dem Heim jemanden kannte, dorthin gegangen. Siegfried und sie hatten etwas getrunken, dann miteinander getanzt und später auf einer Bank im Garten sich lange unterhalten. Er hatte ihr von seinen Klettertouren in den Dolomiten und von seiner Liebe für alte Autos erzählt, sie hatte ihm von ihrer nicht sehr glücklichen Kindheit in einem zerstrittenen Elternhaus und von ihrem Bruder, der von seinen Drogen nicht loskäme, berichtet. Später hatte er ihr einmal gesagt, dass es eigentlich gar nicht seine Art sei, nachts auf Gartenbänken lange Gespräche mit Frauen zu führen. Aber bei ihr sei das wohl anders.

Am nächsten Tag hatte er sie angerufen und ins Kino eingeladen. In der folgenden Zeit hatten sie sich dann immer öfter getroffen. Er machte jedoch keine Anstalten, ihr körperlich näher zu kommen. Das verwunderte sie. Sie wusste, dass sie einerseits nicht hässlich, aber andererseits auch keine ausgesprochene Schönheit war. Dennoch hatte sie die Erfahrung gemacht, dass Männer sich von ihr angezogen fühlten. Irgendwann überwand sie sich und fragte ihn, ob er sie überhaupt möge und warum er keine Anstalten mache, sie ins Bett zu bekommen. Er war puterrot geworden und hatte gestottert: „Weil ich weiß, dass ich dich heiraten werde." Sie hatte minutenlang lachen müssen und war in der folgenden Nacht bei ihm geblieben.

Pelzig saß auf dem Rücksitz und sah aus, als hätte er einen Sechser im Lotto gewonnen. Er hatte Sabine Klinkhammer für das nächste Wochenende zu sich nach Daun eingeladen und sie hatte ihn angestrahlt und zugesagt. Das Einzige, was ihm momentan Sorgen bereitete, war die Frage, ob sein Mops auch damit einverstanden sein würde. Zu dritt auf dem Sofa anstatt zu zweit verlangte nach einer inneren Umstellung und Möpse sind nun mal nicht für ihre besondere geistige Flexibilität bekannt.

Sabine hatte sogar eine gewisse Ähnlichkeit mit Barbara. Barbara war vor vielen Jahren in seiner Studentenzeit seine Freundin gewesen. Beide studierten Romanistik. Doch Barbara hatte sich irgendwann einem anderen zugewandt. Richtig verstanden hatte er das nie. Später hörte er, dass dieser Andere eines Tages mit 1,8 Promille im Blut einen schweren Unfall verursacht hatte, bei dem Barbara ums Leben gekommen war. Er musste noch immer viel an sie denken.

Es sei an dieser Stelle hinzugefügt, dass Sabine Klinkhammer schon nach relativ kurzer Zeit bei Pelzig einzog. Sie hatte ihre Stelle als Röntgenassistentin in Köln aufgegeben und arbeitete jetzt in gleicher Funktion im Krankenhaus des von Daun nur fünfzehn Kilometer entfernten Städtchens Gerolstein. Da sie keinerlei Integrationshemmnisse aufwies und sich sogar im Schulchor engagierte, wurde sie in Daun freundlich aufgenommen, zumal jeder sah, dass Pelzig im Herbst seines Lebens noch einmal aufblühte. Dies sah offensichtlich auch sein Mops und fand sich nach einer ein paar Wochen dauernden Phase des Beleidigtsein mit der nun unausweichlichen Dreierbeziehung ab.

Kristjan Melchior hielt mit einer Hand sein Lenkrad fest. Mit seiner anderen Hand suchte er im Autoradio Entspannungsmusik. Hin und wieder schaute er auf seinen Tacho in der Hoffnung, der vorausfahrende

Knolle würde ein klein wenig schneller fahren, eine Hoffnung, die sich jedoch nicht erfüllte.

In Gedanken war er aber ganz woanders. Er dachte an seine Kollegin Alexandra Salzig, an seine Kinder und an Charlotte. Er wusste nicht, was er tun sollte. Seine Frau durfte auf keinen Fall von seiner Affäre mit Alexandra erfahren. Andererseits tat ihm Alexandra leid. Sie hatte ihm in den vergangenen Monaten gut getan und er hatte sicher auch ihr gut getan. Aber sollte er deshalb seine Familie aufgeben, seine Kinder Karin, Susanne und vor allem den kleinen Tom, in dessen dunkelbraunen Augen er immer wieder das Feuer, das Temperament seines Vaters, des alten Melchiors, zu sehen glaubte?

„Charlotte scheint offensichtlich entschlossen, unserer Ehe eine neue Chance zu geben. Vielleicht hat sie selber irgendwann gemerkt, dass ihr eheliches Verhalten keine positive Basis für unser weiteres Zusammenleben ist", dachte er. „Sie hat aber auch die Vertrautheit und Zuneigung vieler anderer Ehepaare während unserer Reise wahrgenommen und offensichtlich hat ihr das den letzten Anstoß gegeben, die Aussprache mit mir zu suchen." Ihr Verhalten hatte ihm gezeigt, dass sie wirklich eine Wiederannäherung und Versöhnung wünschte. So liebevoll, ja leidenschaftlich, wie in den beiden letzten Nächten an Bord, war sie eigentlich nur in den ersten Jahren ihrer Ehe gewesen.

Charlotte schaute ab und zu ihren Ehemann an, als wollte sie seine Gedanken lesen. Sie war gleichzeitig müde und aufgekratzt. Sie versuchte auf der Fahrt etwas die Augen zuzumachen, konnte jedoch keinen Schlaf finden. Tatsächlich hatte sie schon seit langem unter dem Zustand ihrer Ehe gelitten. Natürlich hatte ihr Mann ihre hochgespannten Erwartungen an ihn und ihre Ehe nicht erfüllt und natürlich war sein Mangel an Ehrgeiz, sein beschaulicher Lebensstil ihr in der Vergangenheit auf die Nerven gegangen, aber er hatte auch viele gute Seiten. Trotz ihrer vielen kleinen Gemeinheiten war er ihr gegenüber nie ausfallend geworden. Den Kindern gegenüber war stets er ein fürsorglicher, guter Vater gewesen.

Auch hatte sie das Verhalten der beiden anderen Ehefrauen ihren Männern gegenüber gesehen. Einmal hatte sie mitbekommen, wie die ansonsten eher in sich gekehrte Elsbeth Knolle ihrem manchmal so nervenden Mann entsetzlich ulkige Gramassen schnitt. Dieser hatte daraufhin nur gutmütig gegrinst und seiner Frau spielerisch auf die Schulter geboxt.

Ein anderes Mal hatte sie neidisch beobachtet, wie Hildegard Rumpel am Pool eine viertel Stunde lang mit festen Händen den Rücken ihres Mannes massierte, da dieser über Rückenschmerzen geklagt hatte. Danach war er zur Poolbar gegangen und hatte für beide ein Eiscocktail *Mary Rose* geholt.

Vor ein paar Wochen – ihr Mann war noch in der Schule – hatte sie im Briefkasten einen anonymen Brief vorgefunden. In dem Brief, welcher in der chaotischen Handschrift eines pubertierenden 13- bis 14-jährigen Schülers abgefasst war, wurde ihr mitgeteilt, dass ihr Mann sich manchmal mit Frau Salzig in einem mehrstöckigen Mietshause in Gerolstein träfe, wo sie bestimmt nicht nur Mau-Mau spielen würden.

Sie war zuerst geschockt, dann erstaunt gewesen, denn so etwas hätte sie ihrem Mann nicht zugetraut. Es folgten Wut, Enttäuschung und schließlich ein Gefühl, welches sie nach vielen Jahren frustrierenden Ehelebens nicht mehr für möglich gehalten hatte: Eifersucht. Sie hatte den Brief im Kamin verbrannt und mit niemandem darüber gesprochen. Ihr Stolz ließ das nicht zu.

Kurz darauf hatte sie auf offener Straße einer Bekannten gründlich den Kopf gewaschen. Die Frau, die bei einem längeren Telefonat mit dem Klassenlehrer ihres Sohnes über diesen vornehmlich Frustrierendes erfahren hatte, hatte sich erdreistet, in Anlehnung an Ex-Bundeskanzler Schröders Aussage, Lehrer seien faule Säcke, in ihrer Gegenwart Ähnliches zu behaupten.

Sie hätte ja keine Ahnung und könne gerne mal eine Woche mit ihr tauschen, hatte sie die überraschte Bekannte angefaucht. Dann würde sie den Arbeitsalltag eines Lehrers kennen lernen. Kaum einmal freie Wochenenden und meistens 50 Stunden die Woche in der Schule und am häuslichen Schreibtisch. Und in den Ferien, welche die Schüler vielleicht faul vor dem Fernseher oder mit Computerspielen verbrachten, Unterrichtsvorbereitungen, Korrekturen, Planung von Klassenfahrten, Erstellung von Abiturarbeiten und vieles anderer mehr. Sie war richtig in Rage geraten. Im Nachhinein war sie über sich selbst erstaunt gewesen.

Rumpel dachte daran, dass er nach den Sommerferien ein Jahr vor der Pensionierung nun keine neuen Oberstufenkurse mehr zugeteilt bekäme, da er sie ja nicht mehr bis zum Abitur führen konnte, und dass dadurch sein Schulalltag erleichtert würde. Er hatte ohnehin in letzter Zeit einige kleine gesundheitliche Probleme. Seine Frau wollte ihn wegen seiner Herzrhythmusstörungen schon lange zum Arzt schicken. Die elenden Korrekturen von Klassenarbeiten bis in die Nächte hinein forderten anscheinend jetzt ihren Tribut. Außerdem hatte er auf der ungewohnten Matratze auf dem Schiff wieder Rückenschmerzen bekommen und freute sich - so schön die Reise auch gewesen war - auf sein eigenes Bett und sein gewohntes Zuhause.

Frau Rumpel dachte an ihre Tochter in Hamburg. Sie wollte sie demnächst besuchen. Sie wünschte sich, dass ihre Tochter endlich mal einen vernünftigen Freund finden würde. Das täte ihr sicher gut. Sie war so ein nettes Mädchen, vielleicht zu nett. Seit ihrer großen Enttäuschung hatte sie mehrere Männerbekanntschaften gehabt, aber irgendwie war nie der Richtige dabei gewesen. Sie hatte ihrer Tochter schon mehrfach gesagt, dass sie auch mal von sich aus aktiv werden müsse, wenn ihr ein Mann gefalle und nicht immer schüchtern warten dürfe, bis einer bei ihr anbiss.

Wenn sie damals nicht den ersten Schritt gemacht hätte, wären ihr Mann und sie wahrscheinlich nie zusammen gekommen. Vielleicht wäre er dann heute mit seiner Kollegin Edeltraut AufderHeide verheiratet. Während Hans-Wilhelm damals natürlich mal wieder nichts aufgefallen war, hatte sie die Konkurrenz mit weiblicher Intuition schnell erkannt und dementsprechend gehandelt. Ihr Mann hatte es nicht bereuen müssen.

Außerdem beschloss sie, Elsbeth und Charlotte zusammen mit zwei Freundinnen aus ihrer Nachbarschaft demnächst zum Kaffee einzuladen. Bislang kannten sie sich nur von diversen Partys im Kollegenkreis der Schule. Denn eigentlich, so dachte sie, waren beide durchaus nett. Selbst Charlotte, die bisher einen zuweilen entrückten, manchmal griesgrämigen Eindruck auf sie gemacht hatte, konnte - wie sie besonders in den letzten Tagen auf See gezeigt hatte - freundlich und aufgeschlossen sein und über Elsbeths versteckten Humor hatte sie mehrmals laut lachen müssen.

Als die Reisenden in Daun spät abends ankamen, brachte man diejenigen, welche nur Mitfahrer gewesen waren, noch nach Hause, verabschiedete sich herzlich von ihnen und fuhr dann selbst heim. Vor der Eingangstür suchte Kristjan Melchior in seiner Hosentasche nach seinem Türschlüssel. Als er im Begriff war, den Schlüssel in das Schloss zu stecken, fragte ihn seine Frau mit leiser Stimme, ob er es sich überlegt habe und ob er immer noch der Meinung sei, sie könnten noch einmal von vorne anfangen. Melchior sagte: „So schnell gibt ein Melchior nicht auf", und ging in ihr Haus hinein.

Zum Schluss sollte hier angemerkt werden, dass es sich bei den geschilderten Begebenheiten um eine fast wahre Geschichte handelt. Leider driftete die Wiedergabe der Geschehnisse, die eigentlich eine nur humorvolle und ironische Würdigung erfahren sollten, am Ende etwas in emotionale Dimensionen ab. Doch, lieber Leser, frage dich selbst: Sollte man das Leben nur satirisch betrachten, sich über alle Dinge im Leben lustig machen? Oder sind nicht Gefühle, wie zum Beispiel die Liebe, obwohl häufig mit Selbstsucht vermischt, ebenso bedeutsam? Vielleicht gelangst du dann sogar zu der Ansicht, dass sie unserem Dasein erst Tiefe und Sinn verleihen ...

Lehrer und Politik

Die Gesamtkonferenz sollte bis maximal 18.00 Uhr dauern, tatsächlich war es jedoch - wie schon häufig zuvor - viel später geworden. Es war um das anstehende Schulfest, die Preisverleihung für besonders engagierte Schüler anlässlich der Abiturfeier, den Schulverweis eines seinen Klassenkameraden gegenüber unbelehrbar rabiaten, der Dauner Hooliganszene zuzurechnenden Halbwüchsigen, den Förderunterricht für Kinder, die von der Realschule auf das Gymnasium übergewechselt waren und für Kinder, die eigentlich nicht, d.h. nur nach Meinung ihrer ehrgeizigen Eltern, auf das Gymnasium gehörten sowie um Hausaufgaben in der Orientierungsstufe gegangen. Das volle Programm! Und da zudem zwei Beförderungsstellen in naher Zukunft neu besetzt werden sollten, empfanden verschiedene Kollegen, respektive Kolleginnen einen nicht zu unterdrückenden Profilierungsdrang, was sich in überzeugend und wichtig vorgetragenen, mehr oder weniger langen Redebeiträgen äußerte.

Als schließlich nichts Neues mehr zutage trat, sondern die dazu Berufenen nur das wiederholten, was vor ihnen schon andere Kollegen, nur mit anderen Worten, von sich gegeben hatten, kam man zu den

Abstimmungen und Direktor Hürsch beendete schließlich die Konferenz, zumal er den an diesem Abend stattfindenden Boxkampf um die Weltmeisterschaft im Schwergewicht (leider ohne teutonische Beteiligung) nicht verpassen wollte.

Rumpel langweilten kurz vor seiner Pensionierung solche Konferenzen, deren Abstimmungsergebnisse er meistens schon vorher wusste, zu Tode. Mitten in der Konferenz wäre er fast vom schläfrigen in den schlafenden Gemütszustand hinübergeglitten, hätte ihn nicht Kristjan Melchior von der Seite her angestupst. Er empfand anschließend den starken Wunsch das vorher Gehörte oder auch nicht Gehörte mit Alkohol herunter zu spülen. Melchior, der sich seinerseits mehr für Tennis als für Boxen erwärmen konnte, zeigte sich auf Rumpels Anfrage hin ebenfalls nicht abgeneigt, den Abend in geselliger Runde ausklingen zu lassen.

Da eine gesellige Runde aber nur in Ausnahmefällen aus lediglich zwei Personen besteht, lud man noch weitere Kollegen ein, sich ihnen anzuschließen. Siegfried Knolle interessierte sich zwar auch für Boxen, aber genauso für einen süffigen Wein mit Gleichgesinnten. Er entschied sich für einen Kompromiss, indem er seine Frau anrief und sie bat, den Boxkampf aufzunehmen, damit er ihn am nächsten Tag ansehen konnte. Auch Uffo Sause, der gerade mit seiner Gattin haderte, da sie ihren gemeinsamen Sommerurlaub nicht mit ihm auf Grönland, sondern lieber in der Karibik verbringen wollte, und der Referendar Müller schlossen sich ihnen an. Letzterer war nicht ganz zu Unrecht der Meinung, ein etwas näherer Kontakt zu älteren Pädagogen seiner Ausbildungsschule könnte bezüglich seiner Schulnote im Rahmen des 2. Staatsexamens vielleicht von Vorteil sein. Außerdem konnte man durch Gespräche mit erfahrenen Schulmännern ja nur profitieren.

Man beschloss, das etwas außerhalb der Stadt gelegene Restaurant „Zur Schafttränke“ zu beehren, dessen vielseitiges Wein- und Bierangebot in Daun wohlbekannt war. Als sie das Lokal betraten, saß dort zu ihrer Überraschung Oberstudienrat Unruh nicht mit seiner eigenen, aber mit einer durchaus ansehnlichen, schätzungsweise fünfzehn Jahre jüngeren, schwarzhaarigen Frau in einer hinteren, relativ dunklen Ecke. Unruh hatte den Termin für die Konferenz wahrscheinlich vergessen oder diese schlichtweg geschwänzt, um sein Rendezvous wahrzunehmen.

Der stellvertretende Schulleiter Sause, der den Kollegen Unruh nicht sonderlich schätzte, rief ziemlich laut, so dass alle anderen Gäste des Lokals aufhorchten, quer durch den Raum: „Guten Abend, Adam! Wir haben deine Beiträge auf der Gesamtkonferenz vermisst." Adam schaute überrascht auf, lächelte gequält, gab aber keine Antwort.

Man setzte sich an einen noch freien Tisch und studierte die Getränkekarte. Nach fünf Minuten kam die Bedienung, um die Bestellungen entgegenzunehmen. Nein, essen wolle man nichts, aber einen guten Wein trinken, das wolle man. Nach weiteren fünf Minuten kam Unruh an ihren Tisch und erkundigte sich, ob er sich zu ihnen gesellen dürfe. „Na, selbstverständlich", entgegnete Sause, „aber nur zusammen mit deiner hübschen Begleitung." Dies würde die Tischrunde optisch ungemein aufwerten. Nein, das ginge leider nicht, erwiderte Unruh, indem er neben Referendar Müller Platz nahm, denn seine Begleitung wäre schon zu ihrem nächsten Termin aufgebrochen. Sie sei seine Anlageberaterin und würde bei Berufstätigen immer abends ihre Termine wahrnehmen müssen.

„Eine dümmere Ausrede hätte ihm kaum einfallen können", dachte Melchior. „Erstens kommt eine Finanzexpertin wohl eher zu den zu Beratenden ins Haus und zweitens weiß fast jeder im Kollegium, dass Adam aufgrund seines unruhigen Lebensstiles und häufiger Eskapaden chronisch unter finanziellen Engpässen leidet und kaum Geld für lukrative Anlagen überhaben dürfte. Wenn er schon eine Beraterin benötigt, dann bestenfalls eine Schuldenberaterin. Aber diese junge Dame war bestimmt weder eine Anlageberaterin noch eine Schuldenberaterin."

Bekanntlich gehört es zum guten Ton unter Lehrern sich außerhalb der Schule nicht ausschließlich über die Schule und die eigenen Kinder zu unterhalten, auch wenn dies, insbesondere unter den weiblichen Angehörigen dieses Berufsstandes, nicht immer einzuhalten ist. Also kreiste das Gespräch zunächst um das Champions League Spiel von Bayern München gegen Real Madrid am Mittwoch der folgenden Woche, dann um die neuesten Pkw-Modelle von VW, BMW und Opel und schließlich um die im vorangegangen Jahr zugenommenen Hauseinbrüche in der Vulkaneifel.

„Und ich wette, dass unter den Einbrechern überproportional viele Osteuropäer und Asylanten aus dem Nahen Osten oder sonst woher sind", wetterte Knolle. Und damit war man bei der Politik gelandet. „Grönländer sind aber bestimmt nicht viele darunter“, gab Sause zu bedenken. Die anderen schauten ihn verständnislos an. „Schon gut, schon gut“, beeilte sich Sause zu sagen, „war nur ein kleiner Scherz für Insider. Meine bessere Hälfte will nämlich partout im Sommer nicht mit mir Grönland besuchen, um den Spuren der Missionstätigkeit der Herrnhuter Brüdergemeinde nachzugehen. Sie will stattdessen eine Kreuzfahrt ins Bermuda-Dreieck und ins kommunistische Kuba buchen, obwohl gerade unter ihren Vorfahren eifrige Mitglieder der Herrnhuter Brüdergemeinde waren.“

„Kann ich verstehen“, entfuhr es dem Referendar, der sich weder eine Fahrt nach Grönland noch ins Bermuda Dreieck leisten konnte. Er wünschte sich einen Moment später, Sause würde zum Schuljahresabschluss keinen Einfluss auf seine Schulnote haben.

Doch Siegfried Knolle ließ sich nicht ablenken. „Nordafrikaner begrapschen jetzt sogar am helllichten Tage auf öffentlichen Plätzen und in Schwimmbädern unsere Frauen. Ich frage mich, wo sind da die deutschen Männer!“ „Es gibt aber auch sexbesessene deutsche Männer“, entgegnete Müller, der bei diesem Reizthema abermals seine Vorsicht hinsichtlich seiner Schulbeurteilung vergaß.

Müller war seit einigen Wochen mit seiner Mitreferendarin Hoppenwerth liiert. Diese hatte ihm gesagt, ihr ehemaliger Verlobter, ein schneidiger Hauptmann der Bundeswehr, hätte im Durchschnitt nur einmal die Woche einen Einzelschuss abgegeben und selbst dabei manchmal noch eine Ladehemmung gehabt. Dagegen sei er ein wahres Maschinengewehr. Nicht das ihr das missfalle, aber manchmal könne etwas weniger auch mehr sein. Müller hatte sich das sehr zu Herzen genommen.

Knolle überging die vorlaute Bemerkung des Jungspunds. „Es war einer der größten Fehler der deutschen Nachkriegsgeschichte - was sage ich? - der deutschen Geschichte insgesamt, die deutschen Grenzen für alle Kriminellen und Sozialschmarotzer einfach zu öffnen“, rief er. „Mal langsam, Siegfried, mal langsam, bleib mal auf dem Boden“, wandte Rumpel ein. „Zu uns kommen ja nicht nur Verbrecher und Schmarotzer, sondern auch viele gutausgebildete Menschen, die unsere Wirtschaft aufgrund des chronischen Facharbeitermangels gebrauchen kann. Außerdem kriegen die Deutschen seit vielen Jahren zu wenige Kinder. Dies würde auf Dauer zu einer Destabilisierung des Renten- und Pensionssystems führen. Die Zuwanderer dagegen bekommen im Schnitt deutlich mehr Kinder.“ „Die Afrikaner häufig sogar mit mehreren Frauen!“, fügte Unruh hinzu. „Außerdem würde ich auch immer dahin gehen, wo die Bäume voller Trauben hängen.“

Nun mischte sich auch Melchior, dessen Familie zwischen den beiden Weltkriegen als Angehörige der baltendeutschen Minderheit erst enteignet worden war und dann nach Deutschland emigriert war, in die Diskussion ein. Denn auch er kannte seinen impulsiven Kollegen Knolle seit vielen Jahren, war sogar schon einmal mit ihm auf Kreuzfahrt gewesen und wusste, dass unter der rauen äußeren Schale ein sehr viel weicherer Kern saß. Also sagte er: „Auch traumatisierte Kriegsflüchtlinge und Frauen mit unschuldigen Kindern kommen zu uns, Siegfried. Ihnen muss geholfen werden. Die meisten von ihnen kehren nach Beendigung der Bürgerkriege in ihren Ländern sowieso in ihre Heimat zurück.“ „Und bis dahin werden sie von uns durchgefüttert. Wer weiß, wie lange diese Bürgerkriege noch dauern!“, brummte Knolle, „Aber gut, das sehe ich ein, Kristjan. Diese Gruppe von Flüchtlingen bedarf unseres Schutzes. Aber was die Kinderlosigkeit der Deutschen angeht, da muss sich grundlegend was an unserer Familienpolitik ändern.“

Müller, der nicht gerne übergangen wurde und der sich aufgrund des süffigen Weines immer kecker fühlte, fragte: „Frauen zurück an den Herd oder was? KKK – Kinder, Kirche, Küche! Ich weiß nicht, ob Friederike damit einverstanden wäre?“ „Wer ist Friederike?“, wollte der umtriebige Unruh wissen. „Finger weg!“, entfuhr es Lorenz Müller, „das ist meine Mitreferendarin und Herzensdame, Friederike Hoppenwerth.“ Alle außer Unruh lachten und man bestellte noch zwei Flaschen desselben Weines.

Sause hatte sich in der bisherigen Diskussion eher zurückgehalten. Das war seine Art. Man wusste, dass er sehr belesen war. Einige glaubten gehört zu haben, dass er Mitglied der Trierer Freimaurerloge „Zum Verein der Menschenfreunde“ sei. Über sein sonstiges Privatleben und seine politischen Anschauungen hingegen wusste man wenig. Wenn er sich zu Wort meldete, war das, was er sagte, manchmal witzig, in der Regel aber sachlich und konziliant formuliert. In Konferenzen neigte er dazu, sich zuerst alles anzuhören, um es dann am Schluss komprimiert zusammenzufassen. Manche hielten ihn deshalb für einen diplomatisch begabten Opportunisten.

Immerhin hatte er es so recht zügig zum stellvertretenden Schulleiter gebracht. Wohl aus diesem Grund fragte ihn der um einige Jahre ältere, aber beruflich weniger erfolgreiche Knolle, welche Ansichten er denn hinsichtlich der momentanen politischen Großwetterlage vertrete. Man wisse gar nicht, was man von ihm zu halten habe: Freund oder Feind.

„In diesen Kategorien denke ich nicht", sagte Sause daraufhin. „Wie ihr wisst, bin ich seit meiner Studentenzeit auf meinen vielen Reisen rund um die Welt mit zahlreichen Kulturen, Religionen und politischen Systemen in Berührung gekommen. Deshalb neige ich nicht dazu, das eine zu verteufeln und das andere vorbehaltlos zu verehren." „Bäh", platzte Knolle heraus, „man muss doch einen Standpunkt haben!" Den hätte er auch, erwiderte Sause süffisant lächelnd, er würde sich vielleicht am besten als einen Sozialliberalen mit einigen konservativen Ansichten bezeichnen. „Was ist das denn?", knurrte Knolle. „Das ist ja von allem etwas!" „Genau", erwiderte Sause, „und zwar von allem das Positive."

„Jetzt mal Butter bei die Fische. Das ist mir alles viel zu allgemein, Uffo", maulte Knolle. „Was hältst du zum Beispiel von der derzeitigen Flüchtlingspolitik oder von der inneren und äußeren Sicherheitslage Deutschlands?“ Sause überlegte und sagte: „Die Grenzen eine Zeitlang völlig zu öffnen, war meiner Meinung nach ein Fehler. Es gibt schließlich Gesetze, welche die Einwanderung regeln sollen und daran sollte man sich halten. Auch zu glauben, der Mensch sei grundsätzlich gut, habe ich immer für blauäugig gehalten. Deshalb ist eine schlagkräftige Armee und eine funktionierende Polizei notwendig. Und die vor allem von einigen Linken geforderte größere Transparenz der Geheimdienste ist für mich widersinnig. Ein transparenter Verfassungsschutz oder MAD würde seiner Funktion nur noch sehr eingeschränkt gerecht werden können.“

„Der für die innere Sicherheit zuständige Verfassungsschutz sollte sich aber nur auf politisch relevante Vorgänge konzentrieren. Das Privatleben der Bürger sollte außen vor bleiben. Wo kommen wir denn hin, wenn Geheimdienstler im Intimleben von Ärzten, Pfarrern oder Lehrern herumschnüffeln würden“, protestierte Unruh. Sein Blick ging zur Tür des Restaurants, durch die vor kurzem seine „Finanzberaterin“ entfleucht war. „Nun ja“, sagte Sause verschmitzt dreinblickend, „auch das Privatleben von solchen Personen könnte für den Staat von gewissem Interesse sein.

Schließlich will man ja nur moralisch einwandfreie Charaktere in solchen Positionen sehen."

Der Englischlehrer Knolle schlug mit der flachen Hand auf den Tisch und rief begeistert: „Uffo, you are my man. You are actually a true conservative!" „Langsam, langsam, Siegfried", entgegnete Sause, „du würdest dich wundern, wenn du meine Vorstellungen bezüglich einer gerechteren Einkommensverteilung in Deutschland kennen würdest. Ich nehme an, dass ich da sogar die Zustimmung von Lorenz fände. Und die Verschleierung muslimischer Frauen würde ich auch nicht gänzlich verbieten. Man kann Zuwanderern aus arabischen Ländern nicht von heute auf morgen einfach ihre Kultur wegnehmen." Knolle wirkte verdattert.

Fast-Pensionär Rumpel, der sich bislang milde lächelnd vorrangig seinem Glas Wein gewidmet hatte, mischte sich ein. Das mit den muslimischen Frauen ginge in Ordnung. Aber was die Einkommensverteilung angehe, denke er, dass es immer Reiche und Arme, Fleißige und Faule geben werde. „Stimmt", erwiderte Sause, „Fleißige und Faule wird es immer geben. Trotzdem sollte die Einkommensschere nicht zu weit auseinandergehen. Das Gehalt muss in Einklang mit der tatsächlichen Leistung stehen. Es kann nicht sein, dass bestimmte „elitäre" Berufsgruppen das Zigfache von dem verdienen, was andere hart arbeitende Menschen am Monatsende nach Hause bringen."

„Genau", ließ sich Lorenz Müller vernehmen, „ganz meine Meinung. Große Erbschaften für Nichtstuer sollte es nicht mehr geben." Er kam aus dem tiefsten Ruhrpott und hatte sicher keine große Erbschaft zu erwarten, denn sein Vater war seit seinem Unfall bei der Thyssenkrupp AG Frührentner und seine Mutter putzte nach Dienstschluss die Büros der hohen Herren dieser Aktiengesellschaft. Er hatte es nur seiner engagierten Grundschullehrerin zu verdanken, dass er heute ein angehender Lehrer war. Die hatte nämlich in langen Gesprächen seine Eltern davon überzeugt, den kleinen, überdurchschnittlich begabten Jungen auf das Gymnasium zu schicken.

„Moment mal!", intervenierte Melchior. „Menschen arbeiten und sparen nicht nur für sich selber, sondern auch für ihre Nachkommen, Wenn du das den Menschen wegnimmst, geht viel produktive Energie verloren und der gesellschaftliche Schaden wäre enorm. Jeder, der nur etwas von Wirtschaft versteht, weiß das. Denk mal an die Elternsprechtage. Wie sich da Eltern für ihre Kinder einsetzen. Alle wollen nur das Beste für ihre Penns, egal wie doof und faul sie sind. Und hinsichtlich des Verfassungsschutzes wünsche ich mir schon eine gewisse Kontrolle. Den gläsernen Staatsbürger darf es auf keinen Fall geben!“

Melchior kam aus einer Familie, die sich bis ins 17. Jahrhundert zurückverfolgen ließ. Bevor sie aus Estland aufgrund der damaligen politischen Verhältnisse emigriert waren, hatten sie dort Güter besessen oder als Kaufleute in Tallinn gelebt. Das dort angesammelte, nicht unbeträchtliche Vermögen war stets von den Eltern auf die Kinder übergegangen. In dieser langen Reihe von Ahnen - so wusste Melchior - hatte es fleißige, aber auch weniger fleißige Menschen gegeben.

Rumpel ergänzte: „Außerdem werden auch durch den schnöden Mammon gelegentlich die Familienbande gestärkt. Ich teile da eher Kristjans Ansichten, das heißt, ich denke eher in familiären als in individuellen Dimensionen.“ Er dachte dabei vor allem an seine Tochter. Diese mittlerweile fast dreißigjährige Frau hatte nach einer unglücklichen Liebesbeziehung ihr Studium geschmissen, lebte jetzt zusammen mit anderen, ebenfalls vom Leben Gebeutelten in einer Wohngemeinschaft im Hamburger Hafenviertel und war stets knapp bei Kasse. Hätte er nicht in der Vergangenheit seiner Tochter immer wieder Geld zukommen lassen, wer weiß, was mit ihr dann passiert wäre. Die betagte Patentante seiner Tochter hatte ihm zudem vor nicht allzu langer Zeit anvertraut, dass sie in Ihrem Testament verfügt habe, dass ihr Patenkind später eine beträchtliche Summe Geld erhalten solle.

„Ich weiß natürlich auch, dass manche Habenichtse, chronische Pechvögel, Faulpelze und sonstige „Lebenskünstler" nur zu gern das ehrlich erarbeitete Eigentum anderer Individuen - oder von mir aus auch Familien - z.B. durch eine exorbitante Besteuerung minimieren würden, um dadurch vielleicht selber ein besseres Leben zu haben. Und dennoch, vielleicht können wir uns im Sinne eines friedlichen gesellschaftlichen Zusammenhalts auf eine moderate Erhöhung der derzeitigen Erbschaftssteuer einigen. Im Übrigen müssen wir ja nicht immer alle einer Meinung sein", unterbrach Sause sie diplomatisch. „Aber wenn ihr neugierig seid, könnt ihr mich gerne weiter fragen, welche persönlichen Ansichten ich zu dieser oder jener Sache vertrete. Ich vermute sowieso, dass einige im Lehrerkollegium denken, dass ich mein Fähnlein meistens nach dem Wind hänge. Aber so ist es nicht!" Und dabei schaute er Melchior an

„Nun gut, wenn es denn sein muss", antwortete dieser. Politik, so hatte schon sein Vater gesagt, verderbe den Charakter und politischen Diskussionen ging er am liebsten aus dem Weg. Ein guter Freund von ihm hatte ihn einmal etwas verächtlich einen bourgeoisen Patrioten genannt und damit hatte er wohl nicht ganz unrecht, denn bei seiner Beantwortung der Wahl-O-Mat-Fragen im Internet vor der letzten Bundestagswahl war in etwa dasselbe Ergebnis heraus gekommen. Was Sause anging, war ihm dieser weder sympathisch noch unsympathisch. Er respektierte ihn aufgrund seiner beruflichen Kompetenz, empfand aber dennoch immer eine gewisse Distanz zwischen sich und ihm. Er selber war freundlicher, offener und Sause war für seinen Geschmack immer etwas zu reserviert und selbstgefällig. Man kam nicht so recht heran an den Mann.

Er suchte nach einer möglichst unverfänglichen Frage. „Wie ist deine Einstellung hinsichtlich der Erziehung von Kindern, die ja unser aller Zukunft sind?", wollte er schließlich wissen. „Unspektakulär", bekam er zur Antwort. „Ich vermittele ihnen einige mir wichtige Prinzipien. Ansonsten aber freie Wildbahn an der frischen Luft mit anderen Kindern. Die erziehen sich gegenseitig!" „Das ist ja noch liberaler als ich mit meinen eigenen Kindern verfahre", dachte Melchior. Beide Männer blickten sich in die Augen: der freidenkende, karrierebewusste Intellektuelle und der traditionsverhaftete Familienmensch. Trotz aller Unterschiede zwischen ihnen gab es doch einige gemeinsame Schnittmengen im Fühlen und Denken. Melchior reichte den Stab an Unruh weiter.

Unruh, dem vermutlich klar geworden war, dass ihm keiner der Anwesenden seine Ausrede mit der Anlageberaterin richtig glauben wollte, versuchte es - vom vierten Glas *Krötenbrunner Nierentritt Spätlese* beschwingt - mit einer gänzlich unpolitischen Fangfrage. Was würde Sause selber an einem schönen Sommertag bevorzugen: ein romantisches Beisammensein mit einer rassigen, schwarzhaarigen Schönheit oder eine Konferenz in einem miefigen Lehrerzimmer einer Schule? Die Antwort kam prompt: Er würde am liebsten bei jeder Konferenz in einem gut gelüfteten Lehrerzimmer immer neben einer rassigen, schwarzhaarigen Schönheit sitzen, aber leider seien solche Frauen an seiner Schule eher die Ausnahme. Fröhlich wurden nochmals zwei Flaschen Wein nachbestellt.

Sause schaute Müller an. „Nun, Lorenz, trau dich. Stell deine Frage." Lorenz Müller kam das unverhoffte

„Du“ des Schulleiter-Stellvertreters wie ein Ritterschlag vor. Er wusste, am nächsten Tag würde ihn dieser in der Schule wieder siezen müssen. Aber immerhin! Heute war man per Du. Er erhob sein Glas, schaute in die Runde und sagte: „Prost, meine Herren! Ich bin Lorenz.“ „Prost, Lorenz!“, antworteten alle. „Prost!“, schallte es auch von der Bar herüber. „Ich bin Hannelore!“ „Prost, Hannelore!“, riefen daraufhin die Dauner Lehrer wie aus einem Munde. Hannelore war nett anzuschauen, fanden alle.

„Also“, sagte Lorenz, „welchen Einfluss auf deine Beurteilung des Referendars Müller hätte es, wenn du wüsstest, dass dieser sozialistischen Idealen anhängt?“ Uffo Sause lächelte wieder sein leicht süffisantes Lächeln. „Ich würde seinen idealistischen, weil noch jugendlichen Charakter hervorheben, aber in erster Linie seine überdurchschnittlichen pädagogischen Fähigkeiten loben. Nach der förmlichen Beurteilung würde ich ihm jedoch in einem Vieraugengespräch einbläuen, dass einseitige politische Indoktrination an einem deutschen Gymnasium glücklicherweise nichts mehr zu suchen hat.“ Peng, das hatte gesessen. Lorenz schaute Sause mit großen Augen an. „Prost, Lorenz!“, sagte Sause ein zweites Mal.

Der infolge vieler persönlicher und schulischer Abnutzungserscheinungen im Grunde weder konservative noch liberale, noch hedonistische, noch sozialistische, sondern über den Dingen stehende Rumpel war als letzter dran. Er wolle seine Frage nicht nur an Sause richten, sagte er, sondern an alle. „Wie ihr wisst, gehe ich im Sommer in Ruhestand. Deshalb frage ich euch alle, ob ihr zu meiner privaten Abschiedsparty kommen wollt." „Na, klar!" „Absolut!" „Immer wieder!" „Sowieso!" „Was hast du denn gedacht!", tönte es ihm entgegen, ganz so als wären sie nicht nur Kollegen, sondern langjährige Freunde in einer Hells Angels-Sektion. Dies war natürlich nicht der Fall, aber allen war klar, dass man trotz weltanschaulicher und sonstiger Unterschiede eine solche Einladung nicht ausschlagen konnte. Mit Freundlichkeit und gegenseitigem Respekt - so war jedem zumindest in der Theorie bewusst - ließ es sich in der Kleinstadt Daun besser leben als mit bornierter Rechthaberei und kleinlicher Engstirnigkeit. Rumpel war das beste Beispiel dafür.

Zu fortgeschrittener Stunde bestellte man zwei Taxis, die sie nach Hause brachten. Brav und rechtschaffen, wie Lehrer nun mal in der Regel sind, mied man das unnötige Risiko. Obwohl an schulische Tests jeder Art gewöhnt, wollte man doch einen Alkoholtest seitens besonders dienstbeflissener Polizisten möglichst vermeiden. Die Autos konnte man ja am nächsten Tag abholen.

Am nächsten Morgen erzählte jeder - fast jeder - seiner besseren Hälfte von dem vorangegangenen Abend. Knolle brummte beim Frühstück: „Dieser Sause ist irgendwie undurchschaubar. Weder Fleisch noch Fisch. Teilweise hat er aber auch ganz passable politische Vorstellungen.“ „Ist er eher ein konservativer alter Knochen wie du oder eine linke Elli wie ich?“, wollte Elsbeth Knolle wissen. „Weder noch! Aber ich vermute, fast immer auf der Seite der Sieger“, erwiderte er.

Als er seine liebe Frau anschaute, kam ihm plötzlich die ebenso liebe Inge Unruh in den Sinn. Die saß jetzt vermutlich ihrem treulosen Mann am Frühstückstisch gegenüber und ließ sich von ihm irgendwelche Märchen bezüglich des gestrigen Abends auftischen. Er erwähnte das Zusammentreffen mit Unruh und seiner „Anlageberaterin“ jedoch nicht, denn er war trotz aller Impulsivität ein sehr diskreter Mensch.

„Aber lassen wir die Politik mal beiseite“, fuhr er stattdessen fort „Was hältst du davon, wenn wir an unserem 29. Hochzeitstag nächsten Samstag mal wieder richtig schön ausgehen? Im Forum wird eine Komödie aufgeführt. Danach könnten wir im Rengener Stübchen was Feines essen." Seine Frau schaute ihren Mann erstaunt an, denn er hatte zwei der letzten drei Hochzeitstage glatt verschlafen. „Ich liebe alte Knochen", flüsterte sie. „Ich dich auch. Von Anfang an bis heute", antwortete ihr Mann. „Und morgen?", wollte sie wissen. „Bis in alle Ewigkeit!", antwortete Siegfried Knolle. Sie kannte ihn. Sie glaubte ihm.

Als Sause gegen 7.30 Uhr sein Esszimmer betrat, saß Felicitas v. Gersdorff (sie hatte ihren Mädchennamen nach der Hochzeit beibehalten) schon am Tisch und las die *Süddeutsche Zeitung*. „Ziemlich spät geworden gestern Abend, Uffo", sagte sie immer noch etwas missmutig aufgrund des Streitgespräches wegen der stark divergierenden Urlaubspläne am Vortag. „Nachdem du ins Bett kamst, dachte ich ein alter Grizzlybär schnauft neben mir." „Einige Kollegen und ich waren nach der Konferenz noch ein Gläschen trinken", antwortete ihr Mann und fuhr zur Überraschung seiner Frau fort, dass er sich das mit dem Sommerurlaub noch mal überlegt habe. Man könne ja dieses Jahr in die Karibik fliegen und nächstes Jahr dann nach Grönland.

„Woher kommt dieser plötzliche Sinneswandel?", wollte seine die Karibik bevorzugende Gattin wissen.

Eine halbe Flasche Wein - in Wahrheit war es mindestens eine ganze Flasche gewesen - hätte schon so manchen Zeitgenossen klarsichtiger werden lassen. Das sei auch bei ihm so, antwortete er. Außerdem sollte ein stellvertretender Schulleiter gelegentlich mit Kollegen auch mal außerdienstlich in gelockerter Atmosphäre beisammensitzen. Er habe ohnehin das Gefühl, manche unter den Lehrkräften würden ihn etwas meiden.

„Entschuldige, lieber Uffo, ich habe es dir schon öfter gesagt. Aber manchmal kommst du eben etwas überheblich rüber", bekam er zu hören. „Na, ich hoffe die fünf Kollegen von gestern Abend sehen das jetzt ein klein wenig anders. Ich denke, dass wir uns menschlich und weltanschaulich etwas näher kennengelernt haben. Auf jeden Fall habe ich mir Mühe gegeben, ihnen meine Überzeugung darzulegen, dass man von den verschiedenen politischen Richtungen die jeweils positiven Aspekte heraussuchen sollte, um sie dann zu etwas Neuem zusammenzusetzen, welches besser und zukunftsfähiger ist als die häufig nur interessebezogenen althergebrachten Denkweisen. Die Menschheit ist nun mal in einer kritischen Phase ihrer Entwicklung und damit meine ich nicht nur die ökologischen Herausforderungen unserer Zeit."

„Du nimmst doch nicht etwa an, dass du und deine Freimaurerfreunde die Ersten sind, die etwas Derartiges in Angriff nehmen. Der Schuss kann auch ganz schön nach hinten losgehen, wie uns die Geschichte lehrt. Wer kann schon immer mit Sicherheit sagen, was positiv und was negativ ist?“, konterte Felicitas v. Gersdorff. Der Physiklehrer Sause wusste, dass seine diskussionsfreudige Frau, die vor ihrer Heirat einmal drei Semester Politik studiert hatte, ihm argumentativ ebenbürtig war. Mit Restalkohol im Blut wollte er sich aber lieber auf kein langes Wortgefecht einlassen. Deshalb sagte er nur lakonisch: „Etwas Idealismus hat noch keinem geschadet. Und was meine angebliche Überheblichkeit angeht, werde ich dich ab morgen als Persönlichkeitstrainerin engagieren.“ Dann schnappte er sich die Feuilleton-Beilage der *Süddeutschen Zeitung* und versenkte seine große Nase in derselben.

Melchior sagte: „Stell dir vor, Lotte, Sause ist gestern Abend dreimal über seinen eigenen Schatten gesprungen und hat uns tatsächlich mal einen tiefen Blick in sein gesellschaftliches Bewusstsein gewährt. Das hätte ich nicht für möglich gehalten. Er hat zu allem eine recht dezidierte Meinung. Keineswegs immer abwegig, auch wenn er manchmal schlecht einzuordnen ist. In meinen Augen ist er aber manchmal zu ichbezogen und technokratisch.“

„Aus dem Holz sind Vorgesetzte geschnitzt“, säuselte seine Frau bittersüß von der Kaffeemaschine her. Sie hatte sich immer mehr beruflichen Ehrgeiz bei ihrem Mann gewünscht. Er war zwar fleißig, saß häufig ganze Wochenenden an Korrekturen oder Unterrichtsvorbereitungen, aber nach einer Funktion in der Schulleitung drängte es ihn nicht. Er sei in erster Linie Lehrer, kein Verwaltungsbeamter, pflegte er zu sagen.

„Da hast du ausnahmsweise mal recht“, gab Melchior nun süßbitter zurück. „Sause wartet nur darauf, dass irgendwo in der Eifel eine Direktorenstelle frei wird, um sich dann zu bewerben.“ Sie trat hinter ihn, legte ihre Arme um seinen Hals und flüsterte in sein Ohr: „Ach, Kristjan, ich nehme dich ja mittlerweile so, wie du bist.“ „Kein Weichkäse mehr?“, fragte er. „Doch schon, ein bisschen, aber einer zum Knuddeln!“, bekam er zur Antwort.

Lorenz Müller hingegen lag um 11.30 Uhr mittags noch neben Friederike Hoppenwerth im Bett und dachte laut nach: „Ein konservativer Sozialliberaler oder war es ein sozialer Liberalkonservativer? Auf jeden Fall bemerkenswert dieser Mann!“ Sein politisches Koordinatensystem war leicht durcheinandergeraten. „Was hältst du von Sause?“, wollte er schließlich von Friederike wissen. „Du gefällst mir eindeutig besser“, sagte sie. Zärtlich legte sie ihren Arm um ihn und gab ihm einen Kuss.

Sie hatte sich vorgenommen, Lorenz in „ihre Welt“ einzuführen. Zu diesem Zweck würde sie ihn demnächst mit nach Hause nehmen und ihren Eltern vorstellen. Vielleicht käme ja dann irgendwann aus dem Kokon des oft so verbohrt linksorientierten Arbeiterjungen aus Duisburg-Marxloh der Mensch Lorenz Müller herausgeschlüpft, in den sie sich verliebt hatte. Das wäre für sie beide gut!

Rumpel belegte sein halbes Brötchen mit drei Scheiben Corned Beef und schmunzelte, aber nicht über die drei Scheiben Corned Beef auf seiner Brötchenhälfte, sondern über die „Anlageberaterin“ des Kollegen Unruh. Die war nämlich die Fußpflegerin seiner besseren Hälfte, Frau Natalie Brommenschenkel, die einmal alle vier Wochen zu ihnen ins Haus kam. Als er dies seiner Frau unter dem Siegel der Verschwiegenheit anvertraute, fand diese das gar nicht zum Schmunzeln. Frau Unruh sei so eine nette Frau. So einen Mann hätte sie wirklich nicht verdient.

Der politische Meinungsaustauch des gestrigen Abends hatte Rumpel weit weniger erwärmt als der *Krötenbrunner Nierentritt*. Er war ohnehin der Meinung, dass die Politik und die Religionen nur ein Abbild der menschlichen Natur seien und da diese sich nicht verändert habe, könnten auch in Zukunft keine bahnbrechenden Verbesserungen in der Menschheitsgeschichte durch Politik und Religion erwartet werden.

Ein schneidiges Großmaul oder ein duckmäuserischer Opportunist wäre in jedem System ein schneidiges Großmaul oder ein duckmäuserischer Opportunist. Die politische Gesinnung, welche die Leute mehr oder weniger ostentativ vor sich her tragen würden, hinge meist weniger von deren tieferen Einsichten und Erkenntnissen ab, sondern werde vielmehr durch den Charakter des Menschen, seine Herkunft und durch die zu dieser Zeit gerade geltenden gesellschaftlichen Zwänge bestimmt, betonte er immer wieder gegenüber seiner Frau.

Sie hatte ihn aufgrund seiner Einstellungen schon mal als einen gottlosen Nihilisten bezeichnet. Damit war er nicht einverstanden gewesen. Er glaube schon an eine höhere Macht, hatte er geantwortet; alles andere sei anmaßend und in der Politik und allen anderen Bereichen würde er sehr wohl zwischen gut und schlecht zu unterscheiden wissen, sonst wäre er ja jeglichen Lebenssinnes beraubt. Außerdem hätte er sich sonst wohl kaum für den Beruf eines Lehrers entschieden, sondern wäre Hedgefonds-Manager, Türsteher oder Stripper geworden. „Um Himmels willen“, hatte seine Ehefrau gerufen. „Lehrer sein ist dann ja wohl das kleinere Übel!“

Unruh indessen musste alleine frühstücken. Als er um Mitternacht sein Haus betreten hatte, lag auf dem Küchentisch ein Zettel. Auf diesem stand: „Lieber Adam, du hältst mich offensichtlich für ziemlich beschränkt. Du glaubst tatsächlich, dass ich von deinen verschiedenen Affären nichts mitbekommen habe. Doch du irrst dich. Ich bin mit den Kindern vorerst zu meinen Eltern gezogen. Ruf bitte nicht an, ich muss erst mal über alles nachdenken und dann entscheiden, wie es weitergehen soll. Ich habe das lange Zeit ertragen, doch jetzt ist damit Schluss!“

Ende

Nachbemerkung

Dem geneigten Leser dieser Texte sei nunmehr verraten, dass es sich hier lediglich um erfundene Tatsachenberichte handelt, bei dem einzelne Begebenheiten zudem karikaturistisch ergänzt wurden. Ähnlichkeiten mit noch lebenden oder bereits anderswo weilenden Menschen sind rein zufällig, aber natürlich beabsichtigt. Namen wurden bis zur Kenntlichkeit verändert. Diesbezügliche Strafanzeigen sich angesprochen fühlender Personen werden sehr gerne von Herrn Rechtsanwalt Trickser, Hintertürchen 13, 54550 Daun-Pützborn, 2. Stock links (bitte dreimal klopfen), entgegengenommen und nicht bearbeitet.

Über den Autor:

Wolf-Henry Sturt unterrichtete 36 Jahre an einem Gymnasium in der Vulkaneifel. Er lebt dort mit seiner Familie in der schönen Kreisstadt Daun. Das vorliegende Buch ist sein Erstlingswerk. Um seine Pension noch möglichst lange genießen zu können, behauptet er, dass es zwecks Wiedererlangung des inneren Gleichgewichts nach diesen turbulenten 36 Jahren schlichtweg geschrieben werden musste.